深蓝 —— 著

深蓝的故事 2

局中人

The Story of Shen Lan II

新星出版社 NEW STAR PRESS

图书在版编目（CIP）数据

深蓝的故事．2，局中人／深蓝著．——北京：新星出版社，2020.7（2023.8重印）
ISBN 978-7-5133-4036-6

Ⅰ.①深… Ⅱ.①深… Ⅲ.①故事－作品集－中国－当代 Ⅳ.①I247.81

中国版本图书馆CIP数据核字（2020）第071579号

深蓝的故事2：局中人

深蓝 著

出版统筹	姜 淮
责任编辑	白华昭
责任校对	刘 义
责任印制	李珊珊
装帧设计	冷暖儿

出版发行　新星出版社
出 版 人　马汝军
社　　址　北京市西城区车公庄大街丙3号楼　　100044
网　　址　www.newstarpress.com
电　　话　010-88310888
传　　真　010-65270449
法律顾问　北京市岳成律师事务所

读者服务　010-88310811　　service@newstarpress.com
邮购地址　北京市西城区车公庄大街丙3号楼　　100044

印　刷	北京美图印务有限公司
开　本	910mm×1230mm　1/32
印　张	9.25
字　数	192千字
版　次	2020年7月第一版　2023年8月第二次印刷
书　号	ISBN 978-7-5133-4036-6
定　价	43.00元

版权专有，侵权必究；如有质量问题，请与印刷厂联系调换。

序言

人间这场局，谁能置身事外

两年前的夏天，如今回想起来，似乎已是略显遥远的事情了。

《深蓝的故事》第一本刚刚出版，仅仅过了一天，首版初印就全网售罄了。那一刻，在北京后厂村巨大的办公室里，编辑部的每一个成员眼里都闪着光。

在此之前——自网易·人间初创起的任何一刻——我都从来没有想过、也没敢想过，我们这个不大的团队，会和每一位来自大江南北的作者与读者们一起，谱写出一部怎样的人间篇章，一字一句汇聚成的浩瀚海洋，又会在世间留下怎样的痕迹。

而那一刻，一盏深蓝色的灯，亮了。

深蓝是网易·人间的老作者了。

从2016年第一篇仅有3000字的、未完成的"结案报告"，到今天共20余篇、近30万字的作品集,深蓝一点一点地,将自己,一位曾经的一线民警、中国普通三四线城市基层派出所的工作人员眼中最真实的社会图景,用平易近人的质朴文字铺陈开来。

深蓝与网易·人间,就这样相互见证着彼此的成长。

自五年前创立至今,网易·人间要求每一位作者的每一篇稿件中,需要明确的第一个问题便是:最开始让你有记录这件事或这个人物的想法是什么?或者说,究竟你经历了什么或者看到了什么,让你有将它记下来的冲动——写作的初衷如此重要,就如同一盏长明灯,指引着每一个写作者向前,一寸寸地通过文字探寻更幽深的地方。

对于深蓝而言,这个开始多少显得有些"无奈"。

社区里有一个空巢老人,老人有三个儿子,各个都很有出息,却都不在身边。有很多次,都是深蓝和他的同事们出警,把走失在野外的老人接回家。细聊起来,就是一个把孩子送得远、自己却照顾不了自己的一个可怜的老父亲。

相对于自己参与办理的类似连环杀人、毁尸灭迹、非正常死亡等大案要案,反倒是这个略带着无奈和感伤的小人物的故事,让深蓝备受触动,深感自己在职责之外的确还有许多无法做到的事情。

"无论如何严防死守或者严厉打击,各种人间悲剧都并未减少太多。如果仅仅是对于我自己的人生,这份工作的意义究竟在何处呢?"

他说，自己是带着一些不解和思考，也带着探寻与疏解自己内心的冲动才开始的，同时更希望如果能够发表，也看看其他读者会有怎样的见解，或者能对个中让自己这么多年反复思考都束手无策的问题，有什么不同的解决路径——这一切汇集到一起，便是最初决定提笔的原因，后来，也都在两年前的《深蓝的故事》里娓娓道来。

故事总是越挖越深、越写越多，在讨论稿件甚至日常闲聊中，曾经的困惑一个接一个涌出来，便有了今天大家看到的一幕连着一幕。

法律与制度自有明确的界线，生活却时常黑白不分，而人心之幽暗乃至人性之复杂，更远非单纯的善恶、对错所能简单归类与分别的。像是世间的大幕缓缓拉开，再也没有一个故事、一段人生能让人轻松翻阅而过。

一个吸毒十几年的父亲，在得知自己儿子吸毒、反复"强戒"（强制隔离戒毒）不得之后，发誓要将儿子身边所有的"坏朋友"全部拉下水，用自己的生命换儿子未来的希望；

一起家暴致妻子脑死亡的恶性案件，背后却是老实本分的丈夫，把自己在外辛苦一整年的工资奖金全部交给妻子，不仅被嗜赌成性的妻子输得精光，还欠下了数不清的债的绝望；

一个高中时被同学屡屡霸凌的优秀男孩，最终在"校霸"的不断威胁下，高考失利、精神失常，十七年后一刀捅向了当年的

"仇人"，而两个年轻人背后，却另有家人之间的利益纠葛；

还有费尽心思想找个老实下属托付自己精神病女儿的老处长，眼看着未婚妻被毒品一点点拖入深渊、自己却束手无策的年轻警察，因刑讯逼供被判刑八年、出狱后追凶千里也要完成心愿的刑警队队长……

肩负着人民警察的职责，深蓝看似站在每一个故事之外，询问、观察、经历继而反思、下笔。而不论是作为人间主编的我，还是作为读者的大家，我们所阅读的，似乎也只是"他者的故事"。

可真的是这样吗？在这一篇篇如此日常却又如此厚重的血与泪、希望与绝望交织的人生故事中，我们每一个人，又真的能够置身事外吗？

我想，看完书中的这些故事，才会有答案。

希望这本书，能带给大家一点光芒，一点思考，一点感动和一点回味。就像里面的每一篇，曾经带给我的那样。

沈燕妮

目 录

序言 / 1

再见,警长 / 1
请转告局长,三大队任务完成了 / 26
我之所以当警察,都是为了她 / 42
春节的致命酒 / 63
干儿子杀了亲孙子 / 82
二十万买来的重点录取通知书 / 97
一心想当厂长夫人的临时女工 / 110
儿子不能走我的老路 / 127
十七年了,到底是谁在害我 / 144

我的精神病女儿，以后就指望你了 / 170

我有铁饭碗，谁要去打工 / 192

民警深蓝之人间赌场连载

死在赌局上的拆迁户 / 221

我被发小坑了一百万 / 235

被丈夫砸死的赌徒妻子 / 254

为人师表，躲不过网赌陷阱 / 269

再见，警长

前　言

　　2016年，三级警长周明在办理一起涉枪毒品案件时殉职，年仅44岁。这三年间，我曾数度提笔，想把他的故事记录下来。数次成稿，又数次放弃。

　　过去，我曾接受过他的指挥，危难时也曾被他舍命相救，直至殉职，他都是我的战友，我的前辈，更是我奋力追赶的榜样。

　　可即便如此，他在我心里似乎依旧带着陌生感。

　　即使后来我又从前辈们的口中和材料里搜寻了许多关于他的事情，可脑海中却依然拼凑不出一个更完整的刑警形象来。他似乎和那些我所熟悉的警察迥然不同，又似乎能在他身上看到很多人的影子。

　　清明将近，我还是决定将这一切都记录下来。

1

2012年7月，我在日常巡逻排查中抓获了吸毒人员邓某。

那天晚上，我在讯问室里给邓某做嫌疑人笔录。出乎我意料，邓某很配合，给我讲了很多话——他说自己被妻子抛弃，万念俱灰，染上了毒品。他这些年来一直想戒毒，但前妻家人总来骚扰，让他内心始终无法平静，所以屡屡戒毒失败。

可能是因为邓某当年做老师的底子犹在，讲话太有感染力，更可能是因为我经验尚欠缺，我渐渐相信了他的话，甚至有些同情他的遭遇，语气也逐渐软了下来。

最后，邓某问我这次他将受到怎样的处置，我翻了一下警综平台的记录，发现他一个月前就曾因为吸毒被判社区戒毒，这次被抓，按程序是要被送去强制隔离戒毒的。

我把实情告诉他，邓某表情痛苦，说自己坚决不能被强戒，家里还有80多岁的老父亲无人照料，他要进去了，父亲也就活不成了；又说自己心脏不好，去强戒也过不了体检，哀求我手下留情，给他一次机会，他一定自己主动戒毒。

我被他说动了，起身拿着笔录材料去找带班领导，试图咨询一下邓某这种情况有没有可能不办强戒。

那天，我在带班领导的办公室里第一次遇到了周警长，当时他正在和带班领导聊天。我刚开口给领导汇报了两句邓某的事情，周警长在一旁竟直接笑出了声，搞得我一头雾水。没等我说完，他打断我，问了一句邓某关在哪间讯问室后，就自顾自地出了办公室。

我转身继续，领导耐着性子听完我的汇报后，什么都没说，只让我下楼去看看周警长是不是过去了。

我回到讯问室门口，周警长正好从里面出来，见到我，面无表情，迎面就是一句："这点判断力都没有，你当的么X警察？他的话你也信？还去汇报？幼稚！"然后就径直走了。

我急忙推门进屋，邓某正耷拉着脑袋歪在审讯椅上，协办民警正在电脑上打字。我说："刚才不是说好找领导汇报完再整材料吗，你怎么先做上了？"

同事说不用了，周警长一进来就把他搞定了。

我很诧异地问："他做了啥？"

同事笑了笑，说他啥也没干，就是进来问了邓某一句："你爹还活着呢？"结果邓某一听，马上就给周警长道歉，说自己不该扯谎骗警察。

我当即火冒三丈，一拳砸在办公桌上，"咚"的一声巨响，同事和邓某都吓了一跳。

2

辖区的涉毒人员都怕周警长，那个"道友圈子"里还有一句话："宁送强戒，不惹周X。"

"周X"就是那群人对周警长的"敬称"。他们都说周警长下手"太黑"——在他那里，从来都没有"苦口婆心"，也没有"嘘寒问暖"，他曾说那些给吸毒成瘾人员掏心掏肺做工作的民警是"闲得蛋疼"，而那些试图感动"老毒么子"的举措，根本就是"浪费国家粮食"。

甚至在领导开会时，他都毫不遮掩自己的"一贯态度"。

一次，局里请一位规劝了多名吸毒人员戒毒的优秀同行来做报告，晚上吃饭时，周警长一言不合，便和那位同行顶了起来，还直言说那些所谓的先进经验"屁用都没有"。

对方脸上当时就挂不住了，作陪领导赶忙打圆场，说："人家这也是工作多年总结出来的经验，你不学怎么知道不管用……"

周警长就用筷子敲着桌子说："先不先进咱这儿不谈，咱就看看三年后全国吸毒人员信息平台上还有没有那几个人的名字，现在谈先进？谈个锤子……"

话说完，竟抬起屁股就走了。

我第一次见识周警长抓捕涉毒人员是在2013年年初，当时辖区一家公司正在举办一年一度的安全动员大会，上百名员工聚在办公楼前的篮球场上接受安全教育。那次，我作为社区民警，应邀参加大会并做安全宣讲，和我一同坐在主席台上的，还有那家公司的两位副总以及安监部门的领导。

大会按部就班地进行着，直到被周警长的出现打断。他带着两名便衣警察直接进入会场，穿过人群径直向主席台走来。所有人都一脸茫然地望着他，我礼貌性地和他打招呼，他也没理我。

当着全公司员工的面，周警长走上主席台，一把抓住台上一名副总的胳膊，亮了一下警官证，就让那位副总跟着他走。那位副总显然没有反应过来是什么情况，还笑着说："正开会呢，请稍等一下。"可周警长并没有多等一秒钟，副总话音刚落，一把就将副总按倒在桌子上，场下一片哗然。

我赶忙站起来，试图上前去打个圆场，周警长却一把将我推开，狠狠瞪了我一眼，然后像拎小鸡一样拽起那名副总，离开了会场。

事后我才知道，当时周警长正在办理一起毒品案件，那名副总因提供交通工具和吸毒场所被毒友供出。此前，那家公司与公安局关系很不错，老总是辖区的"治安先进个人"，每年公安局举办的各种群众性活动对方也一直积极配合。

那位副总被抓后不久，在一次内保单位检查中，我又遇到了那个公司的老总。谈起那天的事情，他一脸幽怨地说，当天与会的除了本厂职工外，还有他请来的合作伙伴代表，本来是要展示公司"积极有为、组织有力"的一面，结果反而当场现了眼。

"当着这么多人的面抓副总，这给厂子管理层带来多大的负面影响？他犯了罪是该抓，但晚一会儿抓，他又不会跑，何必呢……"公司老总说。

我不知道该如何回答他——毕竟周警长抓人并没错——但心里总归有点不舒服：那天我在他的抓捕现场，按照惯例，他应该提前通知我要抓人，至少，不该一把将我推开，以至于被他瞪了一眼之后，我像傻子一样站在主席台上，尴尬得不知所措。

后来和同事谈起此事，同事劝我不要放在心上。同事说，周警长那天并不是故意让我难堪，这人就这性格，"他那里从来没有面子一说，对谁都这样"。

"而且，被抓的人也是活该，谁让他落在老周手里呢？"

3

其实早在2004年，周警长曾有机会调往省厅任职。那年他因连续在两起部督毒品案件中立功而受到上级青睐，省厅禁毒总队向他伸出了橄榄枝。作为一名基层民警，从地方派出所直调省厅，这几乎是所有人遥不可及的梦想，人们都说，周警长命太好，好得令人嫉妒。

同事们接二连三地给他办"送行酒"，说着"苟富贵，莫相忘"；领导也仿佛一下与他亲近起来，隔三岔五找他谈话，让他"就算去了厅里，也别忘了老单位"。据说当时省厅已经给周警长安排好了职位，只等他交接完手头工作，就可以直接去报到。

但周警长最终却没能走成，局里给出的官方说法是，他对本市公安工作感情深厚，因此主动放弃了省厅的机会。但这个说法着实有些牵强，大多数人都不知道他留下的真实原因，知情者则对此讳莫如深，即便私下里有人无意中提起，也很快会在旁人的示意下寥寥数语带过，从不深谈。

作为新人，我当然也不清楚周警长当时究竟做了什么以至于让省厅收回了调令。直到后来，在经办一起案件时，才无意中听到了一个说法。

2013年，在一起系列摩托车盗窃案中，嫌疑人王涛被抓了现行，他本是辖区的一名吸毒人员，也算是"老熟人"了。

王涛时年50岁出头，年轻时就是个混社会的痞子，无恶不作，身边围了一群混子，无人敢惹。为获取毒资，这些年他一直四处敲诈勒索、偷鸡摸狗，家人亲戚也早跟他断了关系，辖区居民敢怒不敢言。

与警察打了半辈子交道，王涛又赖又横，什么都不放在眼里。后来吸毒染了一身传染病，拘留所、看守所、强戒所都送不进去，甚至判了刑，连监狱都给他办保外就医。这让王涛更加有恃无恐。每次犯了事被抓，脾气比抓他的民警还大，要么胡说八道乱指一气，要么两眼一闭缄口不言。问急了，就喊身体不舒服，故意拖延审问时间。

那天他故伎重施，坐在派出所讯问室里一言不发。虽然我有信心给他办"零口供"案子，但事关系列案件的追赃，我也只能耐着性子跟他讲法律谈政策，希望他如实交代。可眼见着20个小时过去了，他都没跟我说一句案子上的事情。

24小时的留置审查期限将近，带班教导员等不下去了，来到讯问室，铁青着脸对王涛说："既然我们'盘不开'你，那就找周警长过来吧。"

没想到，一听"周警长"三个字，王涛脸上的表情立马变了，说话也有些结巴："多……多大点事……你……你找他来……你找他来做什么呀……"

那天教导员没有把周警长叫来，但之后王涛的态度明显发生了转变。虽然之后交代的事情也有所保留，但至少开了口，我们也很快找到了切入点。

结案后，我好奇地问教导员为何这些吸毒人员都对周警长如此畏惧，教导员反问我："那你怕不怕他？"

我想了想说："怕，那副黑脸谁不怕？"

教导员笑了。"连你个警察都怕他，更何况那帮人。"又接着说，"你怕周警长，是怕在了他的脸上，但王涛怕周警长，却怕到了他的骨子里，王涛曾经亲口说过，这辈子被谁抓都可以，就是不能落在姓周的手里。"

4

此前，王涛曾下套坑了辖区一名高中女生，不仅让那个女生怀了孩子，还带她染上了毒品。后来女孩退了学，为了给王涛筹集毒资，一直在外卖淫，被派出所抓住过好几次。

没过多久，王涛"玩腻了"，将女生抛弃，转头找了新欢，女生一气之下留下一封遗书跳了楼，死时年仅19岁。跳楼那天，王涛甚至还挤在围观的人群中看热闹，仿佛这条年轻生命的逝去和他没有一点关系。

那天周警长值班出警，在人群中一眼就认出了王涛。周警长没有说话，推开人群就挤向王涛身边。王涛发现了周警长，转身想跑，周警长两步就追上了他，把他按倒在地。

教导员回忆说，那天他和周警长一个班出警，直接把王涛从现场抓回了派出所。他晓得周警长的脾气，还悄悄劝他适可而止，现在纪律要求严格，千万别对王涛动粗。周警长笑着让教导员放心，说自己心里有数。

那天在派出所，王涛矢口否认女生的所作所为与自己有关系。他把女生怀孕说成"自由恋爱"，把女生吸毒说成"耐不住诱惑"，把女生为他卖淫筹集毒资说成"完全是自愿"，最后女生自杀，就是"自己想不开"。

周警长全程微笑着给王涛做完笔录，让王涛签字捺印后就放了人。这让教导员很吃惊，赶忙对周警长说，该给王涛做一次尿检，"天天吸毒，跑不了阳性反应"。

但周警长却反问："阳性又能怎么样？他这老毒么子顶多认个吸毒，拘留强戒太便宜他了。"

没想到，事发三天之后，王涛竟然主动跑来派出所，跟教导员说自己教唆吸毒，要投案自首。教导员还没细问，王涛就一五一十地交代了自己如何唆使那个女孩吸毒、卖淫的经过，教导员惊得目瞪口呆，以为王涛真吸坏了脑子。

听到这里我也很诧异，催教导员讲下去。他想了想，说之后他的话"哪儿说哪儿了"，不要出去乱说，更不要再跟周警长提起——

就在王涛离开派出所的第二天深夜，周警长在一个公共厕所找到了他。当时他正在吸毒，周警长只问了一句："那个女孩是怎么死的？"王涛还是重复之前的说法，周警长便没再多问，直接把他拽出了公厕，塞进了路边一辆汽车的后备厢里。

车子颠簸了好久才停下，等周警长打开后备厢盖子时，王涛发现自己正在汉江边上，面前有一个新挖的大坑，坑边插着铁锹，周警长阴森森地看着他，手里拎着枪，一句话也不说。

王涛当时就吓尿了裤子，跪在地上一边磕头一边认罪，他承认自己是为了把那个女生搞到手，故意让她染上了毒品，而后又唆使她出去卖淫给自己筹集毒资。但对于女生的死，他抱着周警长的腿哭求说，真的与自己无关，求周警长放过自己。

那晚，王涛最终安然无事地回到了家，天一亮，就乖乖去派出所投案自首，最终因教唆吸毒领了两年半的刑期。

后来王涛一直坚称，那天晚上他真的从周警长眼睛里看到了杀机，以至于那之后一听到周警长的名字就直哆嗦。那句"宁送强戒，不惹周X"，也就是那时从他嘴里说出，并在"道友圈子"里流传开来的。

我说："王涛这家伙也是个尿蛋，没长脑子。这明显吓唬他的，周警长是个警察，怎么会杀他？"

教导员也笑了，说："鬼知道老周那次是怎么想的……"

那次，周警长"蹲"了王涛两天，平日里，王涛一直行踪诡秘，周警长最终选择在他深夜跑去公共厕所吸毒时才动手。而那个大坑，挖在一个几乎从来都不会有人去的位置，"那个施工量，也不是一时半会儿可以完成的……"

"就是吓唬一下，有必要那么认真嘛！"最后，教导员感叹了一句。

"周警长去省厅这事儿也是因为这个才黄的？"我问教导员。

他想了想，若有所思地说不知道，只是听说之后王涛去省厅举报了这件事，地（市）厅两级为此派人查过，但没有结果。再往后，甚至连王涛本人都缄口不言了，这事儿也就这么过去了。

"不过你周警长真的是自己打报告放弃调动的，这个在局里有底的。"最后，教导员坚定地说。

5

那些年，我与周警长共事的次数不多，我本以为他只是对涉毒人员态度粗暴，但后来才发现，我误会了他，他对所有人的脾气都不好，其中也包括我。

起初，周警长听说我的大学专业后，并没有像其他人那样客套什么"中文好啊，以后可以当局里的'笔杆子'"，而是转头问了我一句："你学过侦查吗？"

我摇头，中文系怎么可能学侦查学。

"你懂审讯吗？"他又问。

我还是摇头。

"那法律条文呢，这个总该知道一点吧？"

我赶快点头，公务员考试时接触过一些。但他紧接着就说："那你把'违法'和'犯罪'的区别跟我讲讲。"

我一时没反应过来，答非所问。

他脸上立刻露出一副鄙夷的神情。"你看你还戴个眼镜，这要是抓人的时候动起手来……"说了没两句，他就总结道，"现在公安局真是啥人都招啊！"

当时身边还有好多同事，场面一度十分尴尬。一旁的同事劝我别往心里去，"他就这脾气"。我也只能尴尬地笑笑。

没过多久，我就和周警长一起办了个案子。

那次禁毒支队收到情报，一名毒贩从外地运毒至我市进行交易，支队决定从各所抽调民警成立专班，在火车站设伏抓捕。在派出所领导的强烈推荐下，专班便把我抽走了。

那天，周警长担任我所在组的领队，一见面他就问我："你所里的刑警呢，怎么把你派来了？老吴、老李又'甩坨子'？"

这样的开场白着实不太友好，我小心翼翼地说，领导派我来锻炼锻炼。

"锻炼锻炼……"他哼了一声，没把话说完，过了一会儿，回头补了一句，"来了就来了，一会儿听指挥，别自作主张。"

然而那天，我根本没有机会"自作主张"——因为直到行动结束，我都只能一直坐在距离抓捕现场很远的车里——上级原本安排我假扮成放假返乡的大学生去站里埋伏毒贩，但周警长却命令我坐在车里，睡觉都行，就是哪儿也不能去。

晚上8点，行动顺利结束，毒贩被抓，大家回来时兴高采烈，只有我在车里睡得七荤八素，后来的审讯，周警长也没让我参加，直接打发我回了派出所。

回到所里，教导员很生气，怨我浪费了一次学习机会，说哪儿不能睡觉，非去专班丢人。我也很委屈，说自己也不想，可周警长给我的命令就是在车里待着，哪怕是睡觉，也不能下车。

教导员沉默了一会儿，叹了口气，没再说话。

没过多久，公安局内网上就发了嘉奖令。那天，所里同事都围在电脑跟前看，有人问我："那起案子你不是也参加了嘛，怎么没见你的名字？"我能听出话中的味道，但不知道该如何作答，只好依旧尴尬地笑笑。

我心里对周警长多少是有些不满的——队伍是你带的，命令也是你下的，事到如今你一句话也不说，搞得我在同事和领导跟前有口难辩。我找教导员说，请他出面约周警长聊聊，教导员就把责任揽到自己头上，说这事怪所里没跟周警长沟通好，让我别放在心上。

我作为一个晚辈，还能说什么呢？

直到周警长殉职后，教导员才告诉我，其实那次行动结束之后，因着我的事，他是找过周警长的。教导员的本意是和周警长聊几句玩笑话，让他之后不要对我的"出身"有偏见，多提携一下年轻民警，结果没说两句，两人就吵了起来。

周警长说那个毒贩当过武警，退役后又在公安系统待过几年，这个情况我不知道情有可原，教导员以前办过他的案子，不该不知道。"把一个没有多少实战经验的年轻人派上去，出了事咋向他父母交代？"

教导员解释了几句，不想周警长竟直接骂教导员："17年的刑警干到狗肚子里去了！"他说这话时，两人身边也有不少同事，教导员虽然跟周警长关系一直挺好，也深知他的脾气，但多少还是有点抹不开面子。

教导员也急了，话赶话，双方说的都不中听。可能教导员又说了什么把周警长激怒了，他直接冲教导员嚷嚷了一句："干政工干的，把脑子都干傻了！"

恰好那时，公安局主管政工的陈政委从两人身边经过，听他这么说，气也不打一处来："老周！我看你才是把脑子干傻了，你走到这一步，说轻了是嘴上没个把门的，说重了就是缺少政治素养和纪律观念，你就这样干下去，迟早把自己干回家！"

好在周警长没跟政委抬杠，但他也没给政委多少面子——那天他是去局里学习的，但学习一开始，他就不见了踪影。政委打电话问他跑哪儿去了，他就推说有事，直接挂了电话。

"周警长就这臭脾气害了他，不然他现在也不会去干么斯'警长'……"

教导员后来说，周警长当上警长之前，很多年都一直是个副所长。他原在我工作的派出所任职，年纪轻轻就提了副科，按惯例，副所长干上几年都会提教导员，之后便是所长，或去支大队任职。但周警长的仕途却止步于"刑侦副所长"，因为每次民主投票时，大家都嫌他脾气臭，谁也不选他。

"干刑侦的没几个好脾气，这个我们都承认，但也没几个脾气坏成他那样的！"有同事曾经抱怨过，"有事说事，有错改错，都是同事，你骂人干啥？显得你工作能力突出是不？"

后来赶上搞"警员职务套改"，局领导看他干了十几年副所长却一直提不了正职，便劝他参加"套改"，让出刑侦副所长的位置，搞个"三级警长"，解决正科待遇问题。周警长考虑了很久，答应了。

这么多年了，他确实需要一个正科待遇：老婆是工人，厂子效益不好，儿子在读高中，学习情况也不省心。虽然三级警长比副所长的工资高不了太多，但操心的事情少一些，顾家的时间多一些。

可惜,这个"三级警长"的任命下达速度还是慢了一些,直到殉职前,周警长还是个"刑侦副所长"。

6

也是因着这个臭脾气,凡是打过交道或共过事的同事,大都对周警长颇有微词。

"干咱这行的,都是换命的交情,关键时候弟兄们是能给你挡刀的,就他那操性,你敢指望吗?"那时候,还有同事私下里这么评价周警长。

起初我也这么认为,但后来,他真给我挡了刀。

2014年年底,邻县民警在围剿赌场时遭到攻击,一名民警的手臂被赌场马仔用开山刀当场砍断,伤人者趁乱逃脱。上级要求我们配合邻县民警,对周边地区的宾馆、出租屋、娱乐场所进行搜查。

这一次,我又被分到了周警长的组里。在停车场见到周警长,他只是瞅了我一眼,鼻子里"哼"了一声。我假装没听见,和其他人一起上了车。七座SUV,周警长坐在副驾驶位置上,我挑个离他最远的位置坐下。

出发前,周警长例行交代注意事项。全都交代完了才转过头来,目光落在我身上:"你,等会儿就跟在老秦身后警戒……"

我明白他的意思：一般遇到这种事情，领导都会把老同志安排在队伍最后，名义上是"压阵"，实际是怕他们年纪大了，应付不了突发状况。老秦已经快退休了，让我跟在他身后，也就意味着在周警长眼里，我比他还不靠谱。

到达预定地点后，搜查随即展开。敲门、开门，简单说明情况，查验住户身份信息，一切都按部就班进行着，没有发现任何可疑情况。我跟在老秦身后，不远不近地跟着队伍，像一个看热闹的观众。

凌晨时分，我们检查到一栋短租楼的三楼，周警长敲了其中一户的房门，很久都无人回应，一行人便继续往前走。就在大家走过那扇房门没多远，我忽然听到身后有轻微的开门声。猛地回头，那扇敲不开的房门竟被人打开了，昏暗的灯光下，出现一个男子的半张脸。看到我们，又一下缩了回去。

我下意识感觉那人十分可疑，大喊了一声"站住"，就向那扇门跑去。老秦急忙在我身后喊"等一下"，我没有理会。

我原在队伍末尾，转身就成了排头。冲到门前，我一脚踹开房门，面前赫然出现了一名持刀男子，手里的刀已经扬了起来。

当时我大脑一片空白，突然侧方一股巨大的力量把我撞飞了出去，然后是"啪"的一声枪响。我躺在离门口两米多远的地上，看着周警长举着枪一边叫喊着一边和大家一起冲了进去。

后来，周警长在医院急诊室里一边包扎伤口一边骂我——那天他赶上来踹了我一脚，也替我挨了一刀——那刀本来会砍在我的头上,但他把我踹了出去,刀砍在了他的腿上。

经事后核实,持刀男子并非我们要找的嫌疑人,但也非善类——他也是一名吸贩毒人员,那间屋里随后搜出了大量冰毒。

"我当了20多年警察,没受过这么重的伤!说了听指挥、听指挥,你偏去逞你妈个X的能!"

我很想跟他道歉,但他骂了很久,我一句话都插不上。

7

刚入警时,教导员问我以后的岗位选择,我说想搞刑侦。教导员就是刑警出身,听我这么说很高兴,点头说年轻人的确应该去刑侦岗位上锻炼一下,还说有机会就把我推给周警长。

那时我还没见过周警长,教导员告诉我,他就是局里刑侦工作的一面旗帜,局里专门会在年轻民警中挑出"好苗子"推给他带,他的不少"徒弟"后来都成了局里的刑侦骨干,有的还干上了科所队长。因此,对于认周警长当师父这事儿,我一直非常期待。

那时候,我是同期入警同事中各项成绩最好的,全省新警培训时又拿了优秀奖,一心觉得自己很有希望。后来,我甚至多次在各种场合直接或间接地表露过这种想法。

可是,即便转正之后,周警长依旧没有选我——不选也就罢了,反而经常对教导员说,最好把我放到内勤去写材料——原话是:"他根本就不适合搞案子!"

我不知道他为何一直对我抱有这样的成见,也想找机会和他聊聊,但一想到他那副拒人千里之外的面孔,心里便十分发怵。

2015年9月,在一起案件中,我终于有机会与周警长进行了一次长谈。

那天我们执行一次蹲守任务,两个人在车里从上午10点一直待到傍晚。原本都不怎么说话,但嫌疑人迟迟没有出现,实在无聊,周警长才终于开了口。

他说我不该待在派出所,应该去局机关写材料,"案子上的事情你搞不了"。我入警已经好些年了,没想到他还这么说。我不太高兴,说自己的确不是科班出身,但一直都在学习,从偷鸡摸狗的小案子到省督、部督的大案子,一直都在积极参与。

他摇了摇头,说这个不是学不学的问题,而是性格上适不适合的问题:"对待好人有对待好人的方法,对待畜生有对待畜生的路子,你心太软,人家说什么你就信什么,即便学会了'套路',也下不了那个狠心……"

然后,他竟然把我从入警开始被赌徒骗、被吸毒人员耍、被混子忽悠,甚至被嫌疑人背地取笑的事情一件挨着一件讲了一遍,好些事我自己都记不得了。他说,这是教导员告诉他的,他都记得。

我很吃惊,一句话都说不出来。他又说,教导员第一次向他推荐的时候，他就在注意我了，只是我后来的表现一直没能让他满意。

"交心也分人，有些人注定不能和你交心。你想，你和他交心的结果是套出他的龌龊事，而他和你交心的结果却是自己在局子里多待几年，换你，你会交心吗？

"你来的是公安局，不是居委会，更不是扶贫办，你以为跟他们推心置腹，把自己的辛苦钱借给他们，他们就会买你的账？钱你花了不少，有没有用，你自己说……"

我无言以对，但还是想辩解一下，拿我们所的林所长举例子，说林所也经常在讯问室里问嫌疑人要不要和他交朋友，也的确跟不少嫌疑人做了朋友，那些朋友帮他破了不少大案子。

周警长却笑了，说那些人究竟是不是朋友，这事儿林所长心里门儿清："你不要只跟他学套路，你的本事他学不来，他的本事，你也学不来。"

"对待畜生，就要用对待畜生的方式，不然，不但畜生会伤了你，你也会伤了你的同类。"最后，周警长说。

8

后来，我曾问过教导员，周警长的脾气是不是一直都是这样，教导员叹了口气说："他受过刺激……你听说过刘所长吗？"

这个人我记得，刘所长的名字就刻在公安英烈墙上，牺牲于

1996年。

"他以前是周警长的师父。"

周警长当年是从企业调入公安系统的，上级委托刘所长带着他学习。刘所长年龄比周警长大整两轮，儿子在外地干警察，一年回不来几次，所以平时就把周警长既当同事，又当儿子。

1996年，刘所长在一次抓捕犯罪嫌疑人的过程中，为保护周警长而牺牲。那是一起因毒品引发的抢劫杀人特大案件，警方将两个嫌疑人堵在国道边的一个小院里，最后只能强攻，穷途末路的嫌疑人向着冲进院子的民警们举起了"五连发"。

事发时，刘所长将周警长死死挡在身后，自己中了枪，在医院里痛苦挣扎了半个月，最终宣告不治。

临终前，刘所长对周警长说，不要愧疚，他有儿子，自己没了，家里还有个续香火的，而周警长那时还没结婚，"如果这枪打在你身上，我这辈子都走不出来"。

但周警长为此还是愧疚了好多年，一喝醉了就提，嘴里总是念叨说，那天中枪的应该是自己，刘所长是替自己死的。

"那件事情之前，他性格其实很好，见谁都笑呵呵的，年纪大的就叫'大哥'，年纪小的叫'兄弟'。但那件事情之后，'大哥'和'兄弟'两个词再没从他嘴里说出来过……"

到了2003年，局领导将刚转正的新民警小徐交给周警长带，让他做小徐的师父。小徐那年22岁，家在外省，大学毕业后一人考来本市当警察,周警长把小徐当弟弟看待,不仅业务上尽心尽力地指导,生活上也尽可能地照顾他。

平时周警长一直带着小徐,从巡逻排查到笔录组卷,事无巨细地教他;周末两人都不值班时,周警长还会请小徐去自己家吃饭。小徐转正前工资低,后来在本地谈了一个女朋友,钱总不够花,周警长还常常帮他周转。

小徐对周警长也很敬重,一口一个"周哥",对周警长言听计从,很快,业务水平就飞速进步,一年实习期未满,已经能够参与局里一些大案要案了。

可没想到,小徐也出事了。2004年,周警长带小徐办理一起涉毒案件,抓捕嫌疑人时,小徐跑得最快,追在最前面。不料嫌疑人突然回身,一刀捅在了小徐的要害部位,小徐从此落下终身残疾,一生不能离开药物。

"那起案子最可恨的地方,是那个捅伤小徐的人,一直居住在小徐负责的辖区。案发半个月前,小徐还帮那名吸毒人员的女儿联系了入读学校,不想才半个月,就被那人捅成重伤……"时隔十余年,教导员提起此事,脸上依旧难掩怒气。

虽然最后嫌疑人被抓,小徐也被记了功,但周警长却始终无法面对小徐的父母。

"当年小徐父母送儿子来公安局报到时,是周警长接待的,他曾向小徐父母保证自己会带好小徐,没想到最后却是这样的结果。"

从此之后，周警长似乎从心底里恨上了这群不法之徒，尤其是那些无法无天的涉毒人员，以致后来在办案过程中，也不时出现违反纪律的行为。领导找他谈话没有用，处分和记过也没用。教导员常劝他，说现在执法环境不同了，嫌疑人也有人权，对待涉毒人员要抱着"打击是手段，挽救是目的"的原则，没有必要为了案子上的事情把自己卷进去。

心情好时周警长还打着哈哈应付他，但多半时候，周警长都会骂人：

"你让我跟那些搞毒的杂碎讲道理、讲权利、讲挽救？那我去跟刘所长和小徐讲什么？讲奉献、讲付出、讲职责？放你娘的狗屁，你的职责是让老婆孩子抱着花圈去给你上坟吗？"

9

2016年6月，周警长在办理一起涉枪贩毒案件时殉职，时年44岁。那次，周警长的探组里没有年轻民警，因为他跟领导说，这次要抓的毒贩都是老油子，毒贩经验丰富，反侦查意识很强，不仅多次变更交货地点，而且反复试探警方布控密度，"太狡猾，年轻人对付不了"。老警察对付老毒贩，职业打专业，所以他的探组只要经验丰富的老手。像我这样的，也只是负责一些外围工作。

最后一次见到周警长是他殉职前的那个下午，当时我和同事去局机关交材料，刚好遇到周警长从办公楼出来往停车场走。我跟他打招呼，他依旧面无表情，只是看了我一眼便走了过去。同事在一旁说，你送材料的速度快一点儿，兴许我们能蹭上周警长的车。

交完材料下楼，我看到同事一个人站在办公楼前抽烟，问他周警长呢，他说老周就甩给他一句"没空"，便独自开车走了。我那时还跟同事打趣说："你也是闲的，没事招惹他做什么。"

当晚一夜加班，天快亮时才休息，一觉睡到中午，醒来习惯性翻手机，却发现专班的微信群里乱成一团，仔细看，竟然是周警长的悼词。

"周警长，没……了？"我愣了半天，赶忙给同事打电话，电话那头哽咽着声音说："嗯……突发心肌梗死，昨晚人没了。"

后来我们才知道，在周警长去世之前，他已经带着探组不分昼夜与毒贩连续周旋了60多个小时，白天在烈日下的私家车里蹲守，为了防止被毒贩察觉，不敢开空调，车内温度高达50摄氏度。

因为毒贩有枪，周警长赶走了所有没成家的青年民警，拒绝了原本上级安排的轮班，几乎一个人完成了全部的蹲守、追踪和取证过程。可最终，却倒在了抓捕前夜的车里。

就在他走后的第20小时，这起特大涉枪涉毒案件宣布告破。

后 记

2017年清明，我和教导员去给周警长扫墓。

那天天气很好，没有清明时节惯常的阴郁和冷雨。陵园坐落在一座矮山上，我和教导员拾阶而上，手里提着烟酒水果，还有那起涉枪毒品案件的嫌疑人终审判决书复印件。在那起案件中，两名犯罪嫌疑人最终分别被判处死缓以及有期徒刑13年。

山坡上，周警长和刘所长的墓碑挨着，刘所长在前，周警长在后，一如当年两人冲进院子时的样子。

请转告局长，三大队任务完成了

2013年9月的一天下午，贵州省某地级市的一所住宅小区内，一名中年的送水工毫无缘由地与一位路过水站的业主发生冲突。没想到，送水工迅速将那位男性业主放倒在地，业主拼命挣扎。

两人的厮打很快引起了周边居民的注意，有人报了警，警察赶到后将送水工和受伤业主一起带往派出所盘问处置。

在派出所里，送水工很快交代了自己"殴打他人"的违法行为，但随后，警方对受伤业主的取证却持续了整整20个小时。

最终，送水工被无罪释放，受伤业主却在完成了DNA采集比对后被刑事拘留。

一天后，我市警方派人赶到当地，接走了送水工和那名受伤业主。至此，我市2002年"8·22恶性入室盗窃转化抢劫、强奸致人重伤案"终于宣布告破，嫌疑人全部被缉拿归案。

2014年年初,"8·22案"宣判,被送水工按倒在地的那名"业主"最终被判处死缓,而那位年近半百的送水工,也终于结束了他四年颠沛流离的生活。

面对民警们的挽留,他微笑着摇摇头,然后收拾好行囊,登上了北上的列车。

"以后没什么事,就别联系了。"发车前,送水工对送行的民警说,但他又转过头来补充了一句:"请转告杨局长,三大队任务完成。"

1

送水工真名叫程兵,曾是我市公安局刑侦支队三大队的大队长,2002年8月,他因犯故意伤害致人死亡罪、渎职罪被判有期徒刑八年,2009年3月减刑出狱。2013年9月,他协助公安机关,抓获了2002年"8·22案"的犯罪嫌疑人王二勇。

我看到这份履历已是一年之后。那天,程兵的同事老张就坐在派出所值班室里,他点了一根烟,向我讲述了程队长当年的故事。

"2002年8月22日,我在刑警支队三大队值班,接到报警说辖区一个女孩子在家出事了。"老张回忆道。

那天是程队长带班出警的,众人赶到案发现场后,室内的一幕让在场的所有人都气血上涌：一名17岁的女孩赤身裸体躺在卧室地板上，头上有一处明显伤口，鲜血伴着脑组织流了一地。随后赶来的120医生把女孩送上救护车后，技术队民警继续对案发现场进行勘察。

据女孩的父母称，两人当天外出走亲戚，女孩说自己身体不舒服想卧床休息便没有同去。夫妻二人在亲戚家打牌直到凌晨才回家，不想回家之后，却发现女儿在家出了事。

案发现场位于小区较偏僻位置的一座居民楼四楼，勘察后，技术民警发现嫌疑人一共有两名，是相互配合从一楼攀爬防盗网和空调外机到达四楼，而后扒开纱窗进入室内的。

后经受害者家属确认，当晚家中财物被洗劫一空，经济损失在6万元左右，而最令他们痛心的还是女儿——经医院全力救治，女孩虽然挽回了生命，但因脑部受到重创，成为植物人。

这是一起典型的入室盗窃转化抢劫、强奸致人重伤案，从入室盗窃的手法来看，应该是惯犯所为。

"当时程队长在大队会议室听案情汇报时，状态就有些不对。他铁青着脸，瞪着眼，手里不断地攥着烟盒，那包烟都被他攥成了麻花，跟人说话就像吵架一样……"

在场民警谁都看得出程队长的怒火，当时程队长家中也有一个10岁的女儿，被他像掌上明珠一样宠着，或许被害女孩的惨状让他联想到了自己的女儿——那种愤怒既是出自警察，同样也出自父亲。

当时，程队长向分管刑侦的杨副局长立下军令状，五天内破案。杨副局长担心时间不足，想把时间拉长，但程队长却坚持说只要五天，限期若破不了案，他就主动辞去大队长职务，去狗场（警犬基地）养狗。

2

"当时程队长这样立军令状，就是因为他心中有数啊！"老张叹了口气。

程队长21岁从"省公校"毕业后便当了警察，从户籍、管段民警做起，到2002年，已是从警第十六个年头，积累了大量的办案经验。那次，从嫌疑人攀窗入室的手法上，他认定是一伙四川籍盗窃团伙所为。

"那年头，我市有不少流窜盗窃团伙，各地团伙都有各自的手段，河南团伙喜欢'溜门'，贵州团伙擅长撬锁，而惯用'攀窗'入室的，基本都是四川那边的。"

法医从受害女孩的体内提取到了精斑，又从阳台窗框上采集到了指纹。经比对核查，指纹比对锁定了曾有盗窃前科、并被公安机关打击过的四川籍犯罪嫌疑人王大勇，DNA比对则锁定了王大勇的弟弟王二勇。

王大勇，时年32岁，曾因盗窃罪被判刑；他的弟弟王二勇也是一名盗窃惯犯，兄弟二人曾做过空调安装工，善于攀窗入室盗窃。

公安局马上对王大勇兄弟发出了通缉，仅仅两天后，兄弟单位传来消息，兄弟俩竟然继续作案，王大勇在现场被抓获——那天他和王二勇在攀窗盗窃后，同样试图对女主人做出侵害，不料女主人的丈夫和哥哥突然回家，混乱中王二勇逃脱，受害人亲属则抓住了王大勇，将他痛打一顿后拨打了110。

"王大勇被带到三大队的时候，已经被受害人家属打得面目全非，我们对着照片认了半天，才确定是他。"老张说。

公安机关早已有"文明执法"要求，但面对眼前的王大勇，在场民警谁也没能守住底线，尤其是程队长，见到王大勇的"见面礼"，就是一记老拳。

"那时候还没有同步录音录像的讯问室，对嫌疑人的审讯都是在民警办公室里进行的。"老张接着说。

那天，老张被程队长安排在办公室隔壁的值班室值班，没有亲自参与对王大勇的讯问。但从隔壁传出的惨叫与怒骂声中，他知道自己的同事们正在给王大勇"上手段"。

"中途我因为送材料进过隔壁一趟，王大勇正在窗户上'背宝剑'，旁边一位民警手里拿着电警棍，问他弟弟王二勇跑哪儿去了，他不说……"

老张说，不知那晚算不算是自己走运——后来王大勇死了，所有参与讯问王大勇的三大队民警都受到了处分，最轻的也是被调离公安机关，只有他因为没有参与刑讯逼供，在三大队被撤销后，转岗去了派出所。

"你也得亏没参加，算是三大队'硕果仅存'了……"我心情复杂地对他说。

但老张叹了口气说："一起案子，嫌疑人没抓完，办案的兄弟们先'进去'了，民警也都是有家有口的人，谁都跟王大勇没私仇，可他一死，整个三大队'报销'了，我从参加工作开始就一直在三大队，队伍没了，我虽然还是个警察，却总觉得像个'弃儿'啊……"

3

王大勇死于接受讯问当晚23点10分，老张说那个时间他记得很清楚。

"王大勇说要上厕所，被带出了办公室，他上完厕所就坐在了大厅的沙发上，满头大汗，全身发抖，表情非常痛苦，以前我见过不配合的嫌疑人被'收拾'，但没见过这么重的，我提醒他们下手轻一点，但那个同事也是一脸怒气，说拖把杆都断了三根，可王大勇死不开口，还在民警面前说风凉话……"

民警们本来打算让王大勇"缓"一下，然后继续"收拾"，不料坐在沙发上的王大勇不但没能"缓"过来，反而抖动得越来越厉害，后来渐渐变成了抽搐，从沙发上滑到了地板上。

两个民警见状又把王大勇拖到沙发上，还骂了他一句"别装蒜"，但很快，王大勇又滑到了地上，而且开始口吐白沫。

三大队民警赶紧向程队长汇报，程队长来到王大勇面前看了看，感觉不妙，让民警把王大勇放平在地上，赶紧通知医院来人。

可惜王大勇没能撑到医生到来。几分钟后，他怪叫了几声，一阵猛烈抽搐，然后便没了气息。

"后来检察院组织的法医鉴定，王大勇死于重度颅脑损伤和肝肾功能衰竭……"老张说。

"他们照王大勇头上'招呼'的？"我感觉有些不可思议。

老张无奈地笑了笑，说他也不知道，但估计不是。因为那个年代警察"上手段"是有技巧的，没人会照死里整。最大的可能，还是王大勇先前在受害人家属那里受的那顿打。

但王大勇是死在公安局的，整个青紫色瘀血的后背也使程队长等人无可辩解。就这样，在王大勇死后第7小时，除了值班的老张外，程队长和整个三大队民警被集体带到了检察院职务犯罪调查科。

"当时，三大队下面有两个中队，加上内勤总共占着四个办公室，那天他们被检察院叫走之前，还跟我说，让我帮忙整理一下办公室，之后回来还得接受局里的内务大检查。我在队里忙活了一天，结果他们一个人都没回来，检察院的人倒是来了几拨。"

望着空荡荡的办公区，老张的心里说不清滋味，后来，连他也被叫去检察院问话。而那些三大队的同事，从此便再也没有以警察的身份出现在办公区。

事发之后，公安局领导和两起入室盗窃案的受害人家属都去检察院求过情，局领导恳请检察院考虑王大勇的案情，对程兵等人从宽处罚，被检察院拒绝了。"8·22案"的受害女孩父母和亲属一干人等，也曾跪在检察院门口，请求免予对程兵等人的刑事处罚，同样也被检察院拒绝了。

"后来还是判了，故意伤害致人死亡，一共判了五个，程队长八年，小刘五年半，张海子三年零九个月，老徐最重，十二年，其他不构成刑事犯罪的，也被纪律处分后'脱了衣服'。"老张无可奈何地叹了口气，又点了支烟。

当年，程兵等人刑讯逼供致犯罪嫌疑人王大勇死亡一案，在整个公安局乃至全市政法界都掀起了轩然大波。程兵等五人被判刑后，分管全局刑侦工作的杨副局长也引咎辞职，之后便是全局大规模的文件学习和纪律教育。

王大勇兄弟的入室盗窃、抢劫、强奸致人重伤案件被其他大队接手，虽然民警还在全力侦办，但谁也不敢再提"五天破案"这事。

王大勇死了，公安局想尽办法联系他的亲属，甚至派人专程前往王氏兄弟的四川老家，但王大勇的父母早已去世，只有一个姑姑早年远嫁东北，也已断了联系，找来找去，公安局始终没有找到人。

而王二勇的下落，也成了谜。

4

王大勇至死不肯交代他的弟弟究竟去了哪里，却把强奸并用重物击打女孩头部致其重伤的罪责，全部推到王二勇身上。他或许以为这样自己就可以逃脱法律的制裁，但按照现行法律，即便抓不到王二勇，王大勇故意伤害致人重伤的罪行也无可逃脱。

只是程兵一时莽撞，到头来把自己也套了进去。

"那他当送水工是怎么回事？抓住王二勇，是碰巧还是他计划的？"我问老张。

"碰巧？能碰得这么巧？"老张笑笑说，"人一旦铁了心，没啥做不出来的事，王大勇铁了心不让警察抓王二勇，到死一个字都不说，程队长却是铁了心要抓王二勇，即便不是警察了，他还是要抓！"

王二勇归案后，程兵向办案民警详细讲述了自己出狱之后追踪王二勇的经过，那份有关追踪和抓捕经过的《情况说明》，也被附在了"8·22案"的卷宗之中，被办案民警记在了心里。

"程兵出狱之前，局里也做过打算。他当年入狱的案情比较特殊，又当过那么多年警察，受过专业训练，局里既可怜他的境遇，又担心他在外面走弯路，所以帮他介绍了一份工作。"老张补充说。

程兵入狱后，妻子便和他协议离了婚，宝贝女儿也归女方抚养，出狱后，程兵全部身家就剩下本地的一套房子，其他啥都没有了。领导给程兵介绍了一份在公安局下属的保安公司担任后勤的工作，这样既帮他解决了工作问题，还能让他离公安系统"近一些"，便于管理。

但程兵却拒绝了局里的安排，说自己要出去打工赚钱，局里没办法，说外出可以，但出狱的前五年还得遵守《重点人口管理工作规定》，定期回户籍所在地派出所谈话，程兵说程序他知道，没有问题。

之后，他便离开了本市，后来社区民警定期叫他回来做谈话记录，他也会回来，问他在哪儿打工，具体做什么工作，也实话实说。有时，程兵也还会问起"8·22案"，社区民警以为他只是好奇，就告诉他还在查。

从2009年至2013年的四年间，程兵向户籍所在地的社区民警说明的打工地点，都在湖南、四川、重庆和贵州一带，工作类型也十分芜杂：摆过夜市，做过搬运工、夜班出租车司机、快递员，甚至还干过网吧保安、小区门卫，等等。

有认识程兵的民警问他，别人打工都去"北上广深"，你打工怎么总往欠发达地区跑？你以前好歹也是个刑警队长，大专学历，你看你净找了些什么工作？

程兵只是说自己年纪大了，工作不好找，在公安系统待了很多年，受够了约束和管制，想找个自由点的工作。听他这么说，谁也不好再说什么，更没想到，他去那些地方，只是为了寻找王二勇。

5

程兵究竟如何找到的王二勇，老张给我讲了一个版本，但后来我在其他人的口中，又听到了另外几个版本，有时同事们聚餐时提起程兵，还会争论，他当年追踪王二勇到底用的是什么办法。

那份"8·22案"的卷宗早已入档，我无法看到那天程队长的亲口叙述，只能在梳理了同事们的几个版本之后，大致理出了一条笼统的线索。

程兵很可能在服刑期间，便在狱友中打听过有关王大勇、王二勇盗窃团伙的信息。同是"吃一碗饭"的人，在押的盗窃犯很可能有意或无意中告诉了他。

出狱后，程兵按照线索先去了贵州某市，在当地做了一名快递员，希望借送快递之机，搜集周边住户的信息，但可能没有成功，也可能成功获取了某些新的线索。不管怎样，做了半年"快递老哥"之后，他去了重庆。

在重庆，他做了五个月的夜班出租车司机，每天夜里开车在城里转悠，与坐车的乘客攀谈，用各种方法询问一切自己想了解的事情。

五个月之后，他可能获得了什么新的线索，便辞去了夜班出租车司机的工作，进入重庆一家空调品牌的售后服务部，依旧是开车，但那份工作他只做了两个星期，又辞职去了四川德阳。

程兵在德阳某小区应聘了物业保安，每日认真登记出入人员和车辆，那份工作他做了七个月，几乎掌握了整个小区的住户信息，而后便辞了职。物业经理挽留他说要提他当保安队长，薪水翻倍，但程兵婉拒了物业经理的挽留，又去了湖南益阳。

他在湖南城市学院附近的一家网吧做了六个月的杂工，有时负责打扫卫生，有时负责为客人办理上机充值，有时还充当夜班保安。半年后，程兵到了长沙，在一家家具城做送货司机，晚上去夜市摆摊。

2011年年底，程兵又一次辞去送货司机的工作，晚上摆夜市，白天送快递，就这样干了近一年后，他第二次去了贵州。

"选择当送水工估计也是程兵权衡一番之后的决定，和以往的其他职业相比，送水工的最大优势就是要'入户'，程兵身上一直揣着王二勇的照片，只要他出现，化成灰程兵都能认出来。"一位同事告诉我。

当时，程兵随身携带的笔记本上详细记录着他打听来的小区居民信息，从姓名、年龄、电话到外出时间、经济状况、爱好特长一应俱全。有一次，他的笔记本被水站老板发现，问他记录这些东西做什么，他说是为了更好地向住户推销水站的饮用水。

"程兵也是个人才，他给老板说，记录客户的姓名、年龄是为了接电话时方便称呼对方，记外出时间是为了尽量避免送水上门时家中无人，老板还真信了他，后来王二勇被抓之后，我们找老板做证人材料，他说程兵当送水工的这九个月，他的桶装水销量涨了50%。"另一位同事说。

终于，功夫不负有心人，在干了九个月的送水工之后，程兵最终确定了王二勇的身份，并将他抓获归案。

"程队长花了四年工夫寻找王二勇，当他发现王二勇的行踪后，为什么不直接通知当地警方抓人？他当了十六年警察，不会不知道，通知警方会比他自己去找省力得多吧？"我不解。

"这事儿我们后来问过他，他说，他在杨副局长面前立下过'军令状'，要亲手把王二勇抓住。"同事说。

6

王二勇被抓时，根本不敢相信把自己按倒在地的，是那位曾经多次上门送水，面相和善，还主动跟自己递烟攀谈的送水工"老程"。他更没想到，这位"老程"，就是十一年前因主办自己与哥哥王大勇案件而入狱的"程警官"。

他明白自己当年犯下的事情有多大，也知道哥哥死于刑讯逼供，之后又听说那些参与讯问哥哥的警察全部入了狱。王二勇说，自己很清楚，警方绝对不会放过自己，因此这十一年来，他想尽一切办法四处躲藏。

他改了名字，找人花大价钱办了假身份证，又用假身份娶了妻子，生了儿子，用妻子的名字买了房子。

王二勇不敢再去偷东西，生怕被警察抓住查出自己的真实身份。他不敢喝酒，怕喝醉后说漏嘴，出门不敢坐火车，怕买票时露出马脚，甚至不敢与人争执，担心事情闹大了引来警察。

他四处打工，频繁更换工作，快递员、夜班出租车司机、门卫、小超市理货员、网管，可能程兵干过的工作他都干过。但从不敢长做，更不敢在工作中冒头，只要稍有风声，就会果断逃窜。

王二勇与程兵距离最近的时候，是他在重庆那家空调品牌售后服务部做安装工时。王二勇以前做过空调安装，技术过硬，在公司又任劳任怨地干了一年，公司准备和他签一份五年期的劳动合同，让他第二天把身份证带来。他思考再三，还是担心自己身份暴露，最终找了个借口放弃了这份工作。

而他离职的那天，正是程兵得到线索前往入职的那天。

被捕后，王二勇曾认为案子已过了十一年，且自己当年没被警察当场抓住，因此试图装聋作哑蒙混过关，把责任全部推到哥哥身上。

警方没有再给他"上手段"，而是将各种证据一一摆在他的面前，当看到自己留在受害女孩体内的精斑DNA比对结果时，王二勇彻底崩溃，随即交代了当年的全部作案过程。

2002年8月22日深夜，兄弟二人来到提前选好的作案地点，这家没安防盗网，而且男女主人每天傍晚都会离开家，凌晨才会回来。

晚上11点左右，看楼上其他住户家的灯基本都熄灭了，兄弟二人开始从一楼沿着防盗窗和空调外机攀爬，很快就到了四楼窗口。

那天，受害女孩正好关了空调、打开了窗户通风，不想正好给王大勇兄弟二人入室提供了便利，二人轻易地扒开纱窗，跳入室内。

受害女孩是辖区某中学的寄宿学生，平时在学校住，当天因为身体不适请假回家休息。王大勇兄弟没有料到此时家中会有人，为了赶紧找到财物，翻箱倒柜，动作很大。

他们弄出的声音惊醒了女孩，她睡眼惺忪，以为父母回家找东西，毫无戒备地打开了灯，大家都被吓了一跳。

女孩很快开始尖叫，王大勇一个箭步上前扑倒了女孩，用手捂住她的嘴试图盖住声音。王二勇也急忙上前帮忙，兄弟二人很快把这个17岁尚在病中的女孩捂晕了过去。

他们见女孩晕了，急忙收起偷来的财物准备离开，但出门时，又瞥了一眼倒在地上衣冠不整的女孩，兄弟俩产生了邪念。

然而，就在他们实施性侵的时候，女孩突然醒了，又开始大声呼救，兄弟俩随手抄起地上的物品往女孩头上猛砸，直到女孩不再呼救为止。

至于受害女孩头部那处致命的伤口，十一年前王大勇说是弟弟王二勇干的，十一年后王二勇说是哥哥王大勇干的。击打女孩头部的重物是一个铜制摆件，后经技术勘察，上面布满了王大勇和王二勇二人的指纹，究竟是谁下的死手，却已无从查证。

当然，这并不影响对王二勇的最终量刑。

后记

后来，听说程队长的妻子已经和他复婚，带着女儿重新回到了他的身边，夫妻二人在北京开了一家青少年兴趣班。2018年年初，我到北京出差，曾想联系程队长，一来想向他表示问候，二来也想听他亲口讲一讲当年只身追踪王二勇的经过。

但电话打通后，他与我寒暄了几句，表达了谢意，并没有告诉我他的具体地址，也拒绝见面，同样不愿再跟我谈起往事。

"过去的事情就让它过去吧，你还年轻，做个好警察，办好案子，也保护好自己！"程队长说。挂掉电话后，这句话在我心中不断地重复着。

我也仿佛听到了他登上列车前的那句话："请转告杨局长，三大队任务完成。"

我之所以当警察，都是为了她

2014年11月的一天晚上，我在警务室加班，林所长开着私家车来找我。他没穿警服，让我也换个便装，跟他出去"办点事儿"。

"是那个谁……又来了？"我问他。

林所点头。

"这次要怎么办？"

"公事公办。"

1

那晚，我和林所来到辖区边缘的一家小旅馆。虽然我们身着便装，但一进门，旅馆老板还是认出了我们，赶忙上前递烟。林所面无表情地摆了摆手，径直向楼上跑去，我赶忙跟在他身后，老板跟在我身后。

站在312房间的门口，林所示意店老板开门，店老板伸手正要敲门，林所一巴掌把他的手打开，示意他直接用房卡开。老板无奈，从口袋里掏出了房卡，"咔"的一声，门锁开了。

我随即猛地向房门撞去，试图以最快的速度出其不意地冲进房间。但完全没想到，我将近170斤的体重，只把门撞开一道不足20公分的缝隙，透过缝隙一看，房间里的电视机柜竟抵在了门后。一股浓烈的麻果香气顺着这道缝隙扑面而来，几乎是在同时，一个光溜溜的身影从床上跃起，跳上窗台，看来是想从窗户跳出去。

我连忙退后几步，用尽力气再次撞向房门。"咚"的一声巨响后，电视机柜又向后退了一段距离，缝隙总算够一个人挤进去了。

此时屋里的那个人已经骑上了窗台。林所冲进房间，大喝一声："别动！"说着右手从怀中掏出了伸缩警棍。那个人半个身子探在窗户外面，看了看林所，又看了看窗外，大概是觉得三楼确实太高，不敢往外跳。

趁他纠结的当口，我打量了一圈屋内。这是典型的一间四线小城的私人旅社，昏暗的白炽灯，老旧的家具，一名女子裹着棉被倚在床头，眼神迷离。地上散乱地扔着两人的衣服，还有一个矿泉水瓶做的简易"吸壶"，角落里是两个一次性打火机和几张褶皱的锡箔纸。

林所没有理会床上那个女人，我也不想主动和她说话。

"六子，你个X养的，给老子滚下来！"林所还在跟窗台上的人对峙——六子，42岁，辖区在册吸贩毒人员，也算是林所的"老熟人"。

六子不肯下来，结结巴巴地威胁林所："你再往前走一步我真跳了……"

林所没理他，反而向前迈了两步，说："你有胆子就给老子跳！不跳老子一脚把你踹下去！"

六子又看看窗外，怂了，从窗台上滑了下来，坐在地上。

在带这对男女回派出所的路上，林所开车，一句话也没说。我把两人铐在一起，锁好车门，坐在他们身边，默默抽烟。

回到派出所，林所把二人交给值夜班的民警老赵看管，让我去后院把讯问室的灯打开，又去把备勤室里的值班同事喊起来做事，自己却上了楼。

老赵让这对男女在大厅墙边蹲下，意味深长地看了我一眼，我也无奈地笑了笑。

2

值班同事在楼下讯问室给两人做笔录材料，我推开所长办公室的门，林所正叼着烟坐在椅子上发呆，我想从他烟盒里掏一支，他却开口骂了我一句："以后抽烟自己买，别老拿我的！"

我有点尴尬，看来今晚他心情不好。不过，既然烟已经拿出来了，我也不好再放回去，不然他又会说什么"拿都拿了，放回去做什么"。我只能厚着脸皮把烟点着，坐在他对面的椅子上陪他一起发呆抽烟。

我知道他心里在烦什么，但又不好点破。坐了一会儿，老赵也上来了，看了眼林所，苦笑着摇摇头，也点燃一支烟，拖了把椅子坐在一旁。

总不能就这么干坐着，我不断向老赵使眼色——他是所里的老民警，林所当年的师父，在弟子和晚辈跟前，没有什么不能说的。老赵微微冲我点了点头，又过了一会儿，估计是组织好了语言，他清了一下嗓子，终于开了口。

"小林，你也想开点儿，工作上的事情，生气是生不完的。"

林所好像没有听见似的，不说话，闷着头抽烟。

"人各有命，你是个警察，又不是观音菩萨，管得了那么多吗？"老赵继续说。

林所依旧没反应。老赵有点不高兴了，他把烟屁股放到地上踩灭，拾起来扔进林所身边的烟灰缸，然后用手敲了敲林所的桌子："过去的事情已经过去了，你现在是有家有口的人，最应该关注的是小何（林所的妻子）和儿子才对！"

"我不是那个意思……"老赵的话似乎终于碰到了关键，林所终于开口了。

"你跟了我五六年，从我徒弟做到我领导，你啥意思我不清楚吗?！"老赵的口气变得严肃起来。

"唉……"林所叹了一口气，又把头闷下了。

老赵走回到椅子边，拍了我一下，说："咱们走，让林所自己清静一会儿。"

那是我跟着林所工作的第二年，作为同一个班上的民警，一周有三天的时间，24小时吃、住、睡都在一起，两人几乎形影不离，我当然知道林所心里在郁闷什么。

让他心烦的，不是那个六子，而是那名和六子一同被抓的女子。

3

这个女子名叫赵晴，曾经差一点儿就成了林所的妻子。

赵晴是本市人，和林所同岁，两人自初中开始便是同班同学，高中毕业后又一同考取了省里的师范大学，林所学音乐，赵晴学美术。两人在大学二年级时开始恋爱，多年的老同学，又都是工人家庭出身，知根知底。林所说，他们曾打算大学毕业后一同回本市，找一所中学当老师，然后就结婚。

2002年，两人大学毕业，赵晴如愿考进了本市的一所中学，但林所却没能如愿，成了一名待业青年。他决定创业，联系了几个武汉的校友，一同开了一家艺术生高考辅导班，跟赵晴被迫分隔两地。

辅导班开起来没多久，赵晴就不顾父母的极度反对，辞去了教职，去武汉陪林所一起创业。

"那个时候日子过得苦啊，我借的钱只够在街道口那边租一间小门面房，教学、办公、吃住都在那间屋里，晚上睡觉只能摆开一张单人床，赵晴说我白天累，让我睡床上，她大冬天的自己打地铺……"林所曾不止一次地对我说过。

赵晴的父母都认为是林所"坑"了自己的女儿，不仅和林所家人闹得不可开交，还多次带着亲戚朋友去武汉，要把女儿"绑"回来。一次，赵晴的父亲带着两个亲戚在武汉光谷附近堵到了林所，正要动手，赵晴就骑着电动车赶来，和父亲大闹一场，然后抢走了林所。每次说到这件事，林所总是忍不住掉泪："那天我坐在电动车后座上搂着她的腰，哭了一路，那时候就下决心，这辈子一定要对得住她！"

赵晴的父母终于认命了，他们虽然不想承认女儿和林所的关系，但再也没有找林所一家的麻烦。

林所和赵晴共同努力了两年，培训班出来的第一批学生在高考艺考中的成绩都很不错，还有好几个学生考上了名校，所以培训班一下就火了，第二年预约报名的学生就有200多人。到了2005年，培训班从一间屋变成了三间屋，最后规模扩大到上下两层楼，还注册了商标。

林所说，自己如果后来不改行当警察的话，照那个发展势头,现在他应该也和武汉那几家知名的艺考培训机构老板一样,成为一名"土豪"了。

"我走的时候,把培训班盘给了当时一同创业的校友,现在人家包了半座楼,开宝马坐奔驰,穿个T恤都是'范思哲'——你看看我,现在身上最值钱的是这部手机,1800块,公安局发的……"林所总开玩笑地如此自嘲道。

4

林所转来当警察的原因,他很少跟外人提起,但公安局很多同事都知道,他从"林校长"变成"林警官",正是因为"赵老师"出事了。

"手里有了几个闲钱,交了几个不该交的朋友,就染上了毒品。"从林所断断续续的言谈中,我大概知道了赵晴当年出事的经过。

赵晴从小就性格开朗,身边永远不缺朋友,即便在高压力的创业过程中,也在武汉结交下几个要好的朋友,其中有一位姓刘的中年女子,比赵晴大不少,和她关系尤其好。

这个刘姐是朋友介绍给林所的,她年轻时曾留学国外,拿到了钢琴演奏硕士学位,回国后曾在某高校艺术学院工作过一段时间,后来离了职。林所看中了她的海外留学经历,开出高薪,盛情邀请她来培训班教学,刘姐欣然答应。赵晴也把刘姐当作自己的"知心大姐",经常和她结伴出入。

大概就是这段时间,赵晴通过刘姐接触到了毒品。

"那时候我一是忙,二是没这方面的意识,你说好好的一个大学老师,怎么会放着公职不干,跑出来搞我们这种'野路子'?后来我才知道,她是因为吸毒,被学校开除了!"林所后来追悔莫及。

林所不止一次问过赵晴究竟是如何"上道"的,但赵晴一直都说不明白,只说似乎是在某一个瞬间,自己开始对一些东西产生依赖感,有时是红酒,有时是饮料,她自己也曾买过那些让她"依赖"的东西,但后来却发现,只有和刘姐在一起时,那些东西才"起作用"。

林所后来推测,刘姐最初应该是在赵晴的饮品里放了一些"口服液""快乐粉"之类的东西,等赵晴意识到的时候,早就来不及了。

"虽然那时候我给姓刘的开的工资很高,但肯定是不够她吸毒的,所以她就想把赵晴拉下水。赵晴虽说是老板娘,还管着培训班的财务,但不过就是个二十五六岁的小姑娘,对这些东西没防备,只要她下了水,姓刘的就可以弄到稳定的毒资了。"林所后来分析说。

2005年7月,高考成绩传来,培训班又一次迎来了大丰收,林所激动地将喜讯告诉赵晴,可赵晴似乎却并不在意。

林所以为赵晴是因为前段时间太忙累的,就想着趁8月闲暇的时候，带她去香港和澳门旅旅游，算是庆祝。林所提了好几次，赵晴才勉强答应了。

赵晴从旅行一开始就有些魂不守舍，两人在香港待了几天，准备去澳门时，赵晴借口身体不舒服，说什么也要回武汉，林所只得提前结束了行程。

可抵达武汉的当晚，赵晴便不知去向。

那天晚上，林所四处找不到人，打电话也联系不上。他不断地打电话给培训班的老师们，甚至相熟的学生家长，询问赵晴的去向，但大家都说不知道。林所实在想不出这种天气赵晴能跑去哪里，他一边在凌晨暴雨的大街上漫无目的地寻找，一边焦急地等着天亮，好给赵晴父母打电话，问问赵晴是不是回家了。

大约在凌晨4点，林所突然接到了武汉市公安局某派出所的电话，说赵晴和刘姐因吸食毒品被拘留了，让他去派出所办手续。

林所当时就蒙了——他那时对毒品的印象还停留在影视剧和街道社区的禁毒宣传栏里，根本想象不到，一直陪伴自己的女朋友竟然会染上毒瘾。

原来，那天晚上赵晴一回到武汉便被刘姐叫走了，两人急匆匆地赶往刘姐住的出租房，刘姐打电话叫来了毒贩子，赵晴花钱买了一些毒品，两人便在出租屋里好好过了一把瘾。不料，这个毒贩早已被便衣盯上，他离开出租屋后没走多远便被抓获，随即供出了赵晴和刘姐，马上，警察便在出租屋里把两个女人抓了现行。

最终，刘姐因多次吸毒被抓，被判强制隔离戒毒，而赵晴因为是初次被抓，拘留执行完毕后，被判社区戒毒。

从拘留所出来之后，赵晴把自己关在房间里三天没有出门，然后向林所保证，以后绝对不再碰毒品。

赵晴出事之前，两人已经把婚期定在了2006年年底，林所担心赵晴吸毒的事情会给结婚带来未知的阻力，也相信赵晴是一时糊涂，思来想去，还是没把这件事情告诉双方的父母。

然而，没过几个月，林所几次夜里醒来，都发现赵晴不在床上。开始他没在意，后来才发现，赵晴夜里起身后去的并不是二楼的卫生间，而是一楼的储物间——终于在一个深夜，他将正在吸食毒品的赵晴堵在了那里。赵晴这才向林所承认，自己并没能戒除毒品。

那次林所先是气得暴跳如雷，然后抱着脑袋哭了一宿。

"姓刘的被抓了，但她以前的那些朋友还在，有些是和赵晴认识的，总偷偷联系她，说一起出去玩，赵晴拒绝了几次，但最后还是没忍住，又复吸了。"

5

那次之后，林所通过朋友联系了武汉的一家自愿戒毒医院。虽然这家医院的戒毒价格相当于培训班半年的利润，但林所还是毫不犹豫地将赵晴送了进去：一是在他和赵晴看来，公安机关免费的强制隔离戒毒如同蹲监狱一般，让人没有人身自由；二是他不想让赵晴继续在公安机关的违法人员档案上留下记录。

"自愿戒毒"的时间为半年，那年春节，林所对双方父母谎称两人要前往外省做招生宣传，不能回家过节，瞒过了家人。

2006年5月，赵晴终于结束了全部治疗。在离开自愿戒毒医院之前，林所专门找到主治医生，询问以后需要注意的相关事项。主治医师建议切断赵晴与本地毒友圈的联系，那样才能"最大限度地保障戒毒效果"。

林所几经考虑，决定带赵晴回老家，这样才能让赵晴彻底远离武汉的朋友圈，借此切断她和毒品的联系——他觉得当初赵晴是为了他辞去了老家的教职，这次他也必须陪赵晴回去。

培训班盘了出去，林所拿到了30万的分红，他把20万交给了赵晴的父母，说是两人一起赚的，赵晴父母用这笔钱买了一套商品房，说留给二人结婚用。林所用剩下的10万来块在本地租了一间门面，重新开起了培训班——直到那个时候，他依旧没有把赵晴吸毒的事情告诉双方父母，也没有将婚期推迟。

两人又开始了新的创业，但由于本市没有艺术类高校，已有的几所高中里零星的几个艺术生也都有固定的培训渠道，林所的培训班门可罗雀。

"你那时候真打算跟赵晴结婚？"我问林所。

他想了半天，说那时还是觉得没什么。"人都会犯错，改了就好，如果赵晴之后不再碰毒品了，自己权当以前的事情从没发生过。"

不过，结局又一次让林所失望了。

2006年9月，就在双方家属筹备订婚宴的关口，赵晴却再一次因吸食毒品被本地警方抓获。警方查到了之前赵晴在武汉因吸食毒品被拘留的记录，将赵晴按照"吸食毒品严重成瘾"送去了省女子强制隔离戒毒所，戒毒期为两年。

"不是已经回来了吗？按说脱离了以前毒友的圈子，不该复吸啊？"我问林所。

林所说，后来他一直在后悔两件事：一是那次在储物间发现赵晴吸毒后没有报警，也就没有查出赵晴的毒品从何而来；二是本市离武汉太近了，赵晴还是被毒友们找上了门。

"那些人像狗皮膏药一样，只要知道你有钱吸毒，就会死缠着你，他们整日除了吸毒也做不了别的事情，自然没什么收入，遇到瘾上来，当然能从武汉跑来找你。"林所恨恨地说。

随着赵晴被"强戒"，她在武汉的前科也瞒不住了。得知真相后，林所父母要求两人立刻分手，赵晴父母则打上门来，说都是林所害了女儿，双方家庭一夜之间反目成仇。

6

培训班老师涉毒，家长更不敢把孩子送来这里了。赵晴被抓后不久，林所的培训班便关门大吉，林所拿着剩下为数不多的钱，重新回到了待业青年的日子。

令林所没想到的是，虽然赵晴已经被送去了"强戒"，但之前她在武汉的那些毒友们，竟三三两两地找到了他——有人打电话打听赵晴的去向，有人自称是赵晴以前的闺蜜，套了半天近乎，不外乎都是找林所借钱；还有人说赵晴以前借了自己的钱，让林所还钱；甚至有毒贩直接找到了林所，说赵晴找他"拿货"没给钱，让林所替赵晴付账。

林所只得报警，警察虽然抓了人，但也对林所的身份产生了怀疑，还把林所也带去派出所做了尿检，确认他不吸毒后才允许他离开。

林所没有离开，而是把赵晴的事情原原本本地告诉了给他做尿检的警察，想问问看赵晴到底还有没有戒毒希望，自己和赵晴还有没有在一起的可能。

那天，他拉着警察谈了整整一个下午，警察告诉他，一日吸毒终生戒毒，赵晴不是个例，要想戒毒，需要走的路的确很长。民警劝他好好斟酌一下与赵晴之间的事情，虽然没有点破，但林所自己也知道是什么意思。

林所说自己仍然想帮赵晴戒毒，问警察有没有什么稳妥的办法。警察可能是开玩笑，也可能是出于对林所当时执拗想法的无奈，说了一句："那你来当警察吧，当了警察就有办法了。"

林所当真了。

2007年6月,经过一年准备,林所通过省考进入了本市公安队伍。公安局本来从他的音乐专业考虑,安排他在政治部宣传部门任职,他却主动要求去了派出所。一年前给他做尿检的那位警察老赵,后来成了他的师父。

"2008年赵晴结束'强戒'离开监所的时候,我陪林所去武汉接的她,那天他们两个人在戒毒所门口抱头痛哭……"老赵说道。

林所心中始终惭愧,如果不是当年他与赵晴在武汉创业,如果不是他拍板招了刘姐,如果他平日里对赵晴的关注更多一些,或许赵晴就不会变成后来这个样子。但林所能做的,也只是用警察身份盯紧了赵晴,尽量帮助她摆脱毒品的纠缠和控制,尽快过上正常人的生活。

7

林所当了三年社区民警,两次被市局评为"优秀民警"。他帮助吸毒人员戒毒的故事,也曾被市里的媒体报道过。

上任伊始,林所在全国吸毒人员信息网上查询了本辖区内所有涉毒人员的资料,然后对所有在册吸毒人员一一家访,找不到人的便找他们家属,希望家属能配合工作。

他自费印了很多禁毒宣传资料在社区分发,顶着别人的白眼,给回归社会的戒毒人员介绍工作。有时,他甚至会买一些米面,去那些揭不开锅的吸毒人员家里做工作、讲道理,甚至还会给那些浑身是病的"老毒么子"送药。

别人办一起吸毒案件只需半天,他却需要很久。"现在回忆起来,感觉自己那时的想法有些幼稚。"林所那时坚信"打击只是办法不是结果",想通过自己的努力挽救那些吸毒人员,哪怕是长期吸毒人员。

上级表扬他的做法,但同事们私下里说起林所的作为,都只是笑笑。师父老赵大概明白他的心思——赵晴的家就在他的管区里,他当社区民警的第二年,就帮赵晴在临街的地方租了一间小门面房,开了一家文具店。

林所那时还没结婚,巡逻经过小店时,都会进去看一眼。有时下班后,还会和赵晴一起去超市购物。

老赵说那时他很不放心,虽然林所和赵晴之前是男女朋友关系,但赵晴毕竟是有吸毒前科的人员,而林所的身份是警察,他担心林所还和赵晴搅在一起,难免会招来麻烦。

后来我问林所,那时是否仍然还有和赵晴继续在一起的念头。林所叹了口气,点头说有,他计划着,只要赵晴有三四年不再碰毒品,他就跟赵晴结婚。

赵晴也告诉他说,自己结束"强戒"之后,已经彻底与以前的毒友们划清了界限,不但更换了手机号码,连QQ号码都不再用了。

林所父母明确告诉儿子,坚决不会让赵晴过门;赵晴父母则将女儿吸毒的责任全都归在林所头上，骂他是赵家的"丧门星"；甚至公安局同事们也都说，林所这是在"玩火"。

但林所依旧心怀希望，我行我素。那年他29岁，说，三四年，自己等得起。

但赵晴终究没让他等三四年。2009年3月，赵晴第二次被送强制隔离戒毒。

抓住赵晴的不是本市警方，而是邻市公安局禁毒大队。他们在一次专项行动中，将和朋友在KTV包房里正烫吸冰毒的赵晴抓获。经讯问，赵晴在第一次"强戒"后，已经不止一次吸食毒品了。

林所得到了这个消息后几近崩溃。他万万没想到，自己费尽心思在社区禁毒，省厅颁发的表彰牌匾就挂在警务室大门上，但自己最关心的赵晴，竟然在自己眼皮子底下又吸了毒。

他跑去邻市禁毒大队要求参加对赵晴的讯问，被对方以不合程序为由拒绝。不过，在赵晴被送往强戒所之前，邻市禁毒大队破例让林所看了赵晴的笔录材料，并让他和赵晴见了一面。

赵晴在笔录材料里承认，自己自上次"强戒"之后，坚持了半年没有碰过毒品，但后来还是被一个她在强戒所里认识的本地"朋友"拖下了水，并给她提供了购买冰毒的渠道。

林所问赵晴为什么骗他，赵晴平淡地说怕林所伤心。林所又问：你既然怕我伤心，为什么还要去碰毒品？

赵晴说不出来，只是默默流泪。

8

"那东西，那么难戒吗？"刚当警察的时候，我曾问过林所。

他给我打了一个比方："如果说烟瘾是'1'的话，性瘾大概是'20'，酒瘾估计是'100'，毒瘾应该在'3000'左右——你想想自己戒烟时的决心，乘以3000倍，就是戒毒的难度……"

尤其是冰毒及其副产品，如麻果、K粉之类的新型毒品，比起过去的海洛因，不会再给吸毒者带来强烈依赖感，"上瘾"之时，不会有蚀骨之痛，但吸食后造成的欣快感，却让人流连忘返。

心瘾的戒除是终生的，从毒品中体验过那种欣快感的人，只要还活着，就不会忘记那种感觉，就会有复吸的可能。因此吸毒人员终生都需要用意志力对抗心瘾，一次失败，便前功尽弃。

"就好比，每次的欣快感背后，就是大脑皮层上一个针眼般大小的洞，洞多了，人就疯了……"

从2010年开始，林所对待社区涉毒人员的态度发生了巨大的变化。

他重新通过全国吸毒人员信息网更新了本辖区的涉毒人员资料，这次他不再家访，而是直接找人、抓人、尿检、拘留。然后就是让被抓获的吸毒人员举报其他的涉毒人员，无论是本地的还是外来的，只要有过涉毒前科的人员，他一个也不放过，一次拘留、两次"强戒"，直到涉毒人员再也不敢在他的辖区出现为止。

他协调辖区各单位保卫处和居委会组成了"居民禁毒巡防队"，辖区居民们早就烦透了那些整日偷鸡摸狗的"道友"，一时间，巡防队所到之处，涉毒人员鸡飞狗跳。有些吸了十几年毒品、浑身上下没几副好零件的"老毒么子"，曾经仗着自己"身怀绝症"无法收监，对公安机关的打击不屑一顾，终日以偷盗为生。以前林所给他们送药、做工作的时候，他们不屑一顾地揶揄：你们警察是拿我们没办法了，开始"顺毛捋"了？到了后来，巡防队一来，他们就开始四处躲藏，甚至有人主动要求重新被收监，躲避追击。

这一年，辖区的涉毒案件先是呈直线上升，后来又呈直线下降，林所也毁誉参半。有人说他工作业绩突出，应当嘉奖，也有人说他做事不遵守纪律。

2011年年底，林所结婚，妻子同样是公安局民警，次年他的儿子出生。

9

2014年11月那晚，我们在吸毒现场抓获了六子和赵晴，经尿检，二人甲基安非他命反应均呈阳性，随后二人供述了当晚在宾馆开房吸食麻果的经过：六子买了毒品麻果，两人在宾馆一起烫吸，吸饱后，两人在宾馆发生了关系，六子付出的代价是另外5颗麻果（市价约300元）。

我进入讯问室，看到六子坐在讯问椅上，屁股下面垫着厚厚的卫生纸。一问才知，他常年患有严重的性病，屁股和大腿上遍布烂疮，久坐会流出黄色脓水，同事怕他弄脏了讯问椅。

"那个女的，瘾大得很嘞！给钱就能上，有'货'的能包月……"六子知道自己浑身是病，过不了入拘留所前的体检这一关，因而语气中满是无所谓。

电话响了，接起来，是林所，他正从监控里观看审讯过程，让我问六子，都有哪些人平时跟赵晴裹在一起。我转述给六子，他报了几个名字。

我又走进隔壁讯问室，两位同事正在给赵晴做笔录。听了一会儿，跟六子说的差不多，赵晴的语气平淡，像是在叙述别人的事情。

我不知该说什么，也不想再说什么，站了一会儿准备离开。手机又响了，还是林所，我以为他也有问题要问赵晴，可他顿了顿，说，拨错了。

那天的审讯持续到凌晨5点结束，等待赵晴的无非还是先拘留再"强戒"。这个结果赵晴早已料到，并没有做出什么过激反应。临去拘留所时，她小声问我林所在哪里，我回答说："不该问的别问，管好你自己的事。"

六子以为自己肯定进不了拘留所，坐在讯问室里竟然跟民警说自己上午还"有事"，催促民警快些给他办手续。等同事从公安局法制科报裁回来，告诉六子，处罚结果是"刑事拘留"——这意味着六子将会被判刑。

六子声嘶力竭地抗议，说警察给他"挖坑"、办"冤假错案"，那位报裁的同事冷冷地说："嫖娼用毒品支付，构成贩卖！"

六子愣在那里，恨得咬牙切齿。

之后我得知，那天深夜法制科值班人员最初裁定的结果的确是治安拘留，但林所打电话叫醒了法制科科长，拿着《刑法》第347条一字一句地对法条，终于让法制科科长改变了主意，通知值班员修改了裁定。

早上6点，办完六子和赵晴的案子，林所拉上我和另外一名同事，把六子交代的其他几个"道友"全部抓回了派出所。

但那晚，林所自始至终都没去讯问室和赵晴见面，也没再跟她说过一句话。

尾　声

2018年5月，我已经离开了派出所一段时间。老赵来武汉看儿子，顺带找我吃饭，两人又聊起了赵晴。

老赵说，赵晴疯了，赤身裸体地在街上狂奔，拿砖头在路边砸车玻璃，后来被送去了精神病院。

这个结果在我的意料之中，吸食冰毒的人，最终的归宿就是精神病。

"林所呢？"我问老赵。

"唉！"老赵叹了口气，那天是林所出的警，送赵晴去精神病院前，林所的手按在单警装备上，不住地颤抖。

"那天晚上你林所喝醉了，没回家，住在派出所备勤室里，听同屋的小高说，他抱着被子哭了一夜……"

春节的致命酒

前 言

从警以来，春节是我最期盼却又最忌惮的日子。

期盼节日的假期和团圆的快乐，又忌惮喧嚣后的一地狼藉。俗话说"过犹不及"，春节期间豪饮宿醉成风，难免引发一些让人唏嘘的悲剧。

时值新春佳节到来之际，特此冒昧分享三个与"春节饮酒"相关的真实警情，以期对正确世风的树立有所提示。

二十四年终得扶正，他倒在庆功宴后的雪地里

2013年腊月二十五，大雪，老雷失踪了。

报案大厅里围着十几号人，老雷的爱人和孩子一遍遍拨打他

的电话，一直都是关机。

"你说这大过年的，老雷跑到哪儿去了！"他爱人不住地抱怨，手里反复按下重拨键。

"小年"那天下午，老雷跟老婆孩子打招呼说："晚上和朋友聚聚，不回来吃饭了。"四点半，他穿好外套离开了家，自此便杳无音信。

"嫂子你别着急，雷哥可能是有别的事儿忙去了，恰好手机也没电了……"一个朋友劝老雷的爱人道。

这个劝慰明显难以奏效：一个工作稳定、家庭美满的中年男人，显然没有理由在寒冬腊月里一声不吭地"忙别的事儿去"。老雷爱人自然不会接受，反而冲那个朋友发起了脾气："就是你们，大过年的叫着老雷喝喝喝，他要出点事儿，我们这个年还咋过！那天跟你们喝完酒，他去哪儿了？你说啊！"

我这才明白，原来站在报案大厅里的，除了老雷的爱人和孩子外，其余都是那晚与老雷"聚聚"的朋友。

我要过老雷的身份证号，在警务通上输入，系统显示他这两天既未出行，也未住宿。

"亲戚朋友那边你们问过没？"我问老雷的爱人。她双手一摊，说能找的地方全都找遍了，都说没见过老雷，不然他们也不会兴师动众来派出所报警。

我抬起头，窗外还飘着雪花，路边的积雪已经有些厚度了。"这雪，应该已经断断续续下了三天了吧……"一旁的同事小声嘀咕着，我心里也有种不好的感觉。

"你们喝了多少酒？"我拉过老雷一个还在报案大厅的朋友询问道。

他说十二个人，除了一个不喝酒的司机外，其余十一个人一共喝了六瓶白酒，虽然总量不多，但老雷一人就喝了一斤半。

"他平时酒量怎么样？"

"马马虎虎吧，平时能喝半斤。"

"那天为什么喝那么多？"

"高兴啊，那天他可是主角！"

老雷48岁，在市里的一家国企工作，一个月前刚刚当上科长，"小年"那天是他摆的"庆功宴"，地点在辖区的川菜馆，到场的都是老雷身边平时交好的同事朋友。

"席上有没有发现他有什么异常？"我问。老雷朋友摇摇头，说那天老雷就是高兴，特别高兴，除此之外没有其他异常。

"他也确实压抑，蹲了二十四年副科，终于把那个'副'字去掉了，能不畅快一把嘛！"他说。

我笑笑，想来老雷估计也确实如他所说。一般到了老雷这把年龄，干到处级也不稀奇，更何况他年纪轻轻就提了副科。一个位子蹲了二十多年，终于遂愿，也该庆贺一番。

"老雷有没有什么特殊的'癖好'？"我继续询问。以前遇到过类似的"失踪"，我们满世界翻了几天，最后当事人却大摇大摆地从娱乐场所走了出来。

老雷朋友摇摇头，说老雷平时黄、赌、毒一概不沾，下班准点回家，除了爱喝酒，没有什么不良嗜好。

"他在外面有没有什么仇家或'不一般'的关系？"我又问。

老雷朋友还是摇头，说这方面他也不太清楚。但以他对老雷过往的了解看，老雷为人平和、讲义气，之前没听说他得罪过谁，生活作风方面也没出过什么问题。

"他这快五十的人了，没钱没权的，自己日子都过得委委屈屈，哪还有心思'札乔子'（搞外遇），说句不好听的，就算他有那心思，也不见得有女人肯跟他……"虽然我问得很隐晦，但老雷朋友还是理解了我的意思。

失踪之前状态正常，生活轨迹基本稳定，无特殊关系或癖好。这样看来，老雷离家出走的可能性不大，但为什么就是找不到人了呢？

"会不会是出什么意外了？"同事在一旁提醒我。老雷的朋友也听到了这句话，他看看我，眼神中充满焦虑。我当然也想到过这种结果，只是当时不好说出口。

"那天喝完酒之后他是怎么走的？"我接着问。

老雷的朋友说，那天他们从晚上六点开始吃饭，一群人兴致很高，一直喝到晚上十点半左右。之后他和离家近的几个人一同步行回家，老雷因为喝得不少，所以是坐那位没喝酒的朋友的车离开的。

我又找到那位当时开车的朋友，他说他们同车三人将老雷送到住所所在的小区附近,本来想直接把他送上楼,但老雷说自己喝多了,有点晕车,要下车走走。于是三人便放下老雷,目送他在通向小区的道路上越走越远,方才开车离开。

临下车前,其中一位朋友还问老雷:"你行不行?"老雷挥挥手说:"没得问题。"

一切都像以往聚会那样正常,只是这次老雷一走就再也没有回来。

"你们,跟我来监控室看看。"简单的询问之后,同事指了指老雷的爱人和其中一位朋友,示意他们一起来监控室查一下老雷失踪那晚的录像。

"老雷……不会出什么事吧?"路过接警台,老雷的爱人拉住了我的衣袖。

我不好说什么,只好宽慰她先别着急,看看监控再说。

路面监控最后拍到的,是老雷在离家一百多米的街口下车的影像。画面中的老雷下车后扶着车窗,好像在跟朋友们说着什么,过了一会儿,他冲车子摆摆手,转身走出了监控器拍摄范围。

剩下的路程没有监控,小区门口的监控也没有拍下他进入小区的画面。街口转身的那个背影,成了老雷失踪前的最后影像。

老雷居住的小区位于城市边缘,继续向北跨过国道,就是郊区成片的农田和果园。我考虑了一下,一面安排值班协警继续陪老雷的朋友在所里看监控,一面拉上老雷的爱人和孩子说:"走吧，我们去（小区）后面看看。"

雪一直在下，警车在路上走得有些艰难。开车的同事问老雷爱人，老雷以前有没有出现过类似情况，他爱人点点头。

"他呀，不喝酒什么都好，一喝酒就像换了一个人……"他爱人说，老雷之所以蹲了二十四年的"副科"提不起来，就跟他这喝酒的习性分不开：

1999年，老雷年龄正好，要提正科，党委会都通过了，他约人喝酒提前庆祝，结果把一个同事喝进了医院，差点儿没救过来，公司领导一怒之下取消了他的资格。

2006年，老雷业绩突出，领导有心提携他，已走到了公示这一步，可老雷又因为酒后在厂里耍酒疯，闹到了派出所，领导说影响不好，把他劝退了。

2011年，还是为了提正科这事，老雷说"拉拉关系"，请人喝酒，结果回来的路上掉进沟里把腿摔断了，住了三个月医院，硬生生地错过了竞聘。

"从那以后我就一直跟他说，你就没有当科长的命，这个'正科'咱不干了。他本来也认了，但这次不知为什么又轮到了他，他说再试一次，还保证说'红头文件'下来之前绝对不喝了，结果现在科长是当上了，但是你看……"说到这里，老雷爱人突然哭了起来。

我和同事带着老雷的爱人和孩子，在漫天大雪中漫无目的地找了整整一个下午，眼看天已经黑了，只好回了派出所。

调看监控的同事也没有任何收获，所里只好向兄弟单位发了失踪人员协查通报，把老雷的信息挂在公安网上，寄希望于兄弟单位在年关日常的巡逻排查中能有所发现。

老雷的爱人和朋友在留下联系方式之后，也只能失望地离开了。

转眼到了腊月二十八，公安网上依旧没有消息。

我家在外省，按局里政策可以提前返乡。临走前，我特地去了老雷家一趟，想问问他们有没有什么线索。

一进屋，只见烟雾缭绕，客厅桌子上供着菩萨，屋门上贴着"灵符"，老雷爱人满眼血丝，好像几天没睡的样子。我问她这是干什么。老雷爱人说，自己实在没办法了，请了几个算命的，说老雷现在被"魔怔"了，找不到回家的路，让她在家里供上菩萨贴上灵符，为老雷"指路"。

我不好说什么，毕竟这算是家人的一丝希望，便问她外面找得怎么样了。

"他喝酒出点事，受罪的还不是老婆孩子……"老雷爱人叹道，那帮一同喝酒的朋友帮忙找了两天后，看没有什么结果，也就都散了，现在外面只有两个亲戚还在帮忙找。

她问我派出所那边有没有消息，我本想说没有，但看到她和孩子期盼的眼神，有些不忍心，只好斟酌了一下语言，说消息已经放出去了，所里也安排民警专门跟进这事儿，"这种事情我们常遇到,一般当事人最后都平安回来了"。

老雷爱人神情有些放松,招呼我喝水抽烟,我摆摆手说马上走了,晚上要去赶火车。她硬塞给我两个苹果,然后送我到门外,祝我新年快乐。

正月初四,雪终于化了。

新年轮班。早上七点多,我在早点摊上被同事拎上警车,手里还攥着半个没吃完的肉夹馍。

我说大过年的啥事这么急,同事说,赶紧把肉夹馍扔了,出警去。我说大过年的又是么斯(什么)警?同事说死人了,那个失踪的老雷死了。

死亡现场在距离老雷小区向北不到一公里的农田边上。当我赶到现场时,周围已经围了不少人。我拨开人群走进去,看到老雷侧卧在农田排水沟里,身上只穿着秋衣秋裤,没有任何外伤。

其他衣物鞋袜被整整齐齐地叠好,放在水沟岸上,手机、钱包和所有贵重物品都在,仿佛人不是躺在水沟里,而是躺在自家温暖的床上。

老雷的爱人哭晕在现场,被120送去了医院。我和同事把老雷的遗体抬上车,送去法医那里尸检。

法医排除了刑事案件的可能,说老雷是活活冻死的,死亡时间就是"小年"那天的晚上。那晚老雷应是酒后迷了路,跌进了农田的排水沟里,酒精迷醉了他的神经,让他误认为自己回到了家，便脱掉衣服直接睡在了沟里。

我问，这零下七八度的气温不会把他冻醒吗？法医说，他喝了那么多酒，估计在沟里睡了很长时间。等酒劲醒了想爬起来时，可能发现自己已经不行了。

然后，漫天大雪便把他覆盖，直到雪化了一些，遗体才被人发现。

正月初九，老雷爱人来派出所开火化证明，她面色苍白，人整整瘦了一圈。

"节哀吧，大嫂……"我不知道再说点啥。她点点头，说声谢谢。然后问我，那几个同老雷一起喝酒的朋友是不是需要承担一些责任。我建议她找个律师咨询一下。

"那几个人，简直狼心狗肺，老雷活着的时候关系那么好，现在出事了，他们竟然没有一个人来看看，连追悼会都不露面，生怕被缠上！"她说完，转身离开了派出所，说要去法院告状。

"老雷家这个年，是没法过了。"我说。

"不只是今年，以后年年都没法好好过了。"同事叹了口气。

爱情事业双喜临门，三顿酒后"过年"变"周年"

2015年腊月的一个深夜，我被带班副所长从被窝里"薅"了出来，所里刚接到指挥中心转警，称辖区一居民在家中非正常死亡，指令出警。

到达现场时，120急救车刚走，死者的一众亲戚坐在客厅沙发上发愣，死者父亲见我们进屋，上来倒水递烟。

客厅的桌子上还摆着没打完的牌局，厨房的地板上放着没来得及处理的餐厨垃圾和几个空酒瓶——这并不太像非正常死亡现场，我先是有点不知所措，但随即明白了。当事人走得太突然，家属应该根本没来得及反应过来。

医院急诊医生给出的初步诊断结论是：酒精中毒合并心肌梗死，死者是在睡梦中离世的，具体死因需要公安局法医做进一步尸检。

大约凌晨两点钟，我正在卧室帮助法医拍照留证，客厅里突然传来一声哀号，是死者的外婆，看来是死者家属过了心理应激期。紧接着客厅便人声鼎沸，有人在痛哭，有人在劝慰别人，也有人一边劝慰别人一边痛哭。

死者的父亲相对镇定，法医拿出文书找他签了字，副所长便要我赶紧把遗体搬离现场，然后示意死者父亲上我们的车先去所里。

死者杨波，殁年32岁，未婚，武汉一家网络信息公司的老板兼技术主管，前一天中午刚刚抵达这里，此行本是要回家欢度春节。

"我们家这是'因福得祸'……"派出所里，父亲老杨低声说。杨波这次回家，带回两个天大的喜讯：一是他的公司年底谈成了一笔生意，获利颇丰，他准备在武汉为父母买一栋复式住宅，已经看好了楼盘，年后拿到对方预付金后便入手；二是杨波准备与谈了四年的女朋友结束爱情长跑，年后就结婚，两人已经定好去民政局领结婚证的"良辰吉日"了。

人生两大喜事接踵而至，当晚，父亲老杨就兴高采烈地宴请了一众亲戚，大家推杯换盏，好不热闹。

大约晚上十点，家宴结束，亲戚们意犹未尽，杨波又拉出了麻将桌，招呼喜欢打麻将的亲戚们一起玩"跑晃"（一种麻将玩法）。

十一点左右，杨波说自己有些胸闷，要出去透口气，亲戚们正全神贯注玩牌，便由他去了。

过了一会儿，杨波从屋外回来，说自己有些累，想先去睡了。老杨看儿子的脸色有点不对，想杨波今天才从武汉开车回来，估计是累了，也没多想便由着儿子去睡了。

凌晨一点，亲戚们看时间不早，收拾东西准备离开。老杨本来打算叫杨波起来给长辈们道个别，进了卧室却发现儿子的情况不对。

杨波悄无声息地躺在床上，面色发青，身体冰凉。无论老杨怎么拍打呼唤，始终没有反应。听到卧室里老杨异样的声音，已经走到门口的亲戚们又都折返回来。

众人折腾了一番，见杨波还是没有反应，便打了120。亲戚们还在商量着，如何将体重260斤的杨波搬上救护车，但医生到达现场后做了一番检查，便告知说人已经去世一段时间了，没有去医院抢救的必要了。

老杨立时蒙了，旁边的亲戚也都不敢相信这个事实。直到医生提醒老杨赶紧给公安局打电话，不然杨波的后事不好处理，老杨才木然地拨通了110报警电话。

"一个大活人，两个小时前还好好地喝酒打牌，怎么说没就没了？他才三十二啊！"老杨这才哭出声来。

据老杨说，杨波的酒量很好，平时一斤酒不成问题。杨波从小爱打篮球，身体素质不错，除了这几年工作压力大、体重长得有点快，从没听说儿子的心脏有问题。

老杨始终不相信儿子会因饮酒而离世，执着地要求我们系统调查杨波死因。我们便找到杨波的公司，在员工们的叙述中，了解了杨波近一个月来的工作和生活轨迹。

杨波的公司规模不大，所有员工加起来不到三十人。杨波既是公司老板，又几乎一力承担着公司技术研发层面的主要工作。那笔生意，杨波前后谈了半年有余，对方是一家北京知名的信息技术企业。本来对方并没看上杨波的公司，是杨波费了很大周折，才得到对方关注。

一个月前，合同谈判进入白热化阶段，杨波一方面要关注技术层面的问题，另一方面还要不断地参加各种应酬，办公室的灯几乎通宵达旦亮了一个月。终于，生意在年前敲定。放假前一天中午，杨波组织公司员工召开年会，席上的杨波激动异常，一连干了六大杯白酒，员工们受老板感染，也纷纷举杯痛饮。

酒后，杨波提出请员工们 K 歌，一群人去了公司附近的一家 KTV，又喝了不少啤酒。晚上，杨波兴致未尽，又把他认为在这笔生意中做出"突出贡献"的几位员工单独留下来继续喝。

次日，杨波开车赶回老家，中午刚到家便接到发小电话，又招呼他去喝酒聚会。老杨曾劝儿子"晚上家庭聚会，你中午就在家休息一下"，但杨波说自己没问题，还是去了。

老杨不知道儿子中午喝了多少酒，但杨波下午回家后状态还不错，老杨便没多想，晚上就由着儿子继续喝了。

我们找到当天中午与杨波一同参加聚会的同学时，他们已经知道了杨波的离世。也许是担心卷入纠纷，他们有的说杨波中午喝了一杯白酒，有的说喝了一瓶啤酒，还有的说杨波没有喝酒。

但无论如何，杨波是在自家酒宴后出的问题，究竟是哪杯酒导致他的离世，早已无从查证。

杨波是家中独子，他的离世让父亲老杨几乎一夜白头，母亲因受不了打击，整个人变得有些神经兮兮的。

事后我们得知，杨波的去世使他生前费尽心思谈成的那笔生意付之东流。由于杨波是其中关键项目的主要技术负责人，缺少了他项目就无法进行下去。北京的合作方撤回了投资，但鉴于杨波的家庭情况，慰问性地给了老杨一笔钱。

谈了四年的女朋友在杨波去世之后，来他家里看望了几次曾经的"准公公"和"准婆婆",之后便再没来过。当年十月便跟别人结了婚。

2015年年底,做社区孤寡老人和留守老人家访时,我又一次来到杨波家,年关将近,整个社区都沉浸在浓浓的年味中,唯独杨波家一片寂静。

开门进屋,正对面客厅桌子上供着杨波的遗像,两边是白色蜡烛,中间是香炉和瓜果,唯独没有白酒。老杨夫妇情绪低沉,有一句没一句地和社区干部说着话。

我劝老杨说儿子走了一年了,你们老两口也要试着走出来了,日子还得继续,快过年了家里布置一下,杨波泉下有知,也不想看父母这副样子。

老杨扭头看看杨波的遗像,眼睛有些发红:"别人家过年,我们家过周年,以后年年都是这样了……"

为了给领导留下好印象,他挡酒搭上了命

2016年正月初五清晨,我奉命在市殡仪馆"看守"一具遗体。

彼时,我和同事守着冰柜,死者亲属正在殡仪馆院子里闹得不可开交,殡仪馆工作人员被堵在人群之外。我看看冰柜又看看治安支队抽来的同事,叹口气说,大过年的在殡仪馆蹲着还真是不太好受。

同事也叹了口气,说自己当年在派出所工作时,这种事儿一

年一次,"年年到这里过年"。我问他这回又是咋回事儿,他无奈地说:"还能咋地,又是喝酒喝出人命呗。"

中午,外面同事送来两盒速冻水饺,说今天"破五",在哪儿过都是过。我问他外面处理得怎么样了,他摇摇头,说死者单位来人了,正在和家属谈判,但势头不太好,双方各不相让,估计下午还得守着。

傍晚,我们还在冰柜旁边。外面同事又送来两盒速冻水饺,我心中暗自叫苦,问他外面谈得怎么样了,他说依旧谈不拢,要做好今晚在殡仪馆加班的准备。

"这次到底又是啥事儿?"早上我被上级一个电话叫到了殡仪馆,只知道家属要把遗体抢出去摆到死者单位,其他情况一无所知。

大概是觉得当晚下班的可能性不大,治安支队的同事便给我详细讲述了这件事情。

死者姓王,是本市报社的一名记者。殁年26岁,风华正茂的年龄,父母俱在,本人去年初刚结了婚,妻子当时正怀胎三月。

半个月前,王记者接到了一项采访任务,去外地一处建筑工地采访跨年,要表现出当地工人新年期间放弃休假、加班赶工期的劳动热情。

眼看年关将至,王记者本不太想去。但这次任务是报社的一位主要领导带队,加上自己还是新人,没有拒绝的资本,只能硬着头皮去了。

采访非常成功,报道以"新年特刊"的形式刊出后,收到了良好的社会反响。承建工程的建筑公司总部就在本市,公司老总为答谢报社,在大年初二采访组返回当晚,就接了带队领导和采访记者一起吃饭。

建筑公司老总这边四个人,报社方面是带队领导、社办公室主任、同去采访的一位50多岁的老同志和王记者。宴席上,宾主双方开怀畅饮,八个人一晚喝了八瓶高度白酒。

"一人一斤高度酒,确实有点儿过,王记者就这么……"我问同事。

"这倒不是最吓人的。"同事继续说,"主要是报社这边,带队领导说自己晚上回去还要'赶二场',只喝了一杯;办公室主任说这几天自己'不在状态',喝了三两,50多岁的老同志说自己年纪大了不太能喝酒,被劝了半斤。"

"王记者呢?"我追问。

他想了想,说:"三斤。"

我吃了一惊。同事解释说,王记者平时至多喝三瓶啤酒的量,那天喝了三斤白酒,纯属无奈——社长要求王记者帮他"代酒",以答谢建筑公司老总的热情款待;办公室主任也不断劝王记者,"多搞点,有前途";而那位老同志是王记者在报社的"师父",更是觉得让年轻徒弟挡酒无可厚非。结果一来二去,王记者在饭桌上便只剩喝酒。

"真他妈不要脸，自己不愿喝，猛劝别人喝！后来法医做尸检，那孩子胃里什么都没有，全是酒！"同事忍不住骂了一句。

一边是自己的领导，另一边是自己的师父，两边的面子都抹不开，觥筹交错间，王记者醉倒在桌子下面。

如果当时，同席的人能及时将王记者送到医院救治，可能远不至于落到今天这样的结果。

可惜，当时同席的人只是招呼服务员，把王记者抬到隔壁包间里休息一下，便继续吃饭，等晚宴结束准备离开时，才想起王记者来。建筑公司老总殷勤地派自己两个跟班去叫醒王记者，准备去搞"二场"，结果两个跟班跑到隔壁包房，发现躺在三个并排椅子上"睡觉"的王记者脸色发青，怎么也叫不醒了。

在场的人这才意识到问题的严重性，慌忙拨打了120，王记者被送到医院抢救。一个小时后，医生说送来太迟了，脑血管破裂，人已经没了。

"那孩子也是'造业'，听他家里说当时报社建了一栋'福利房'，没产权的那种。但价格很低，员工们按照工作表现排号入住，他们单位内部抢得厉害。他结婚之后一直没房子，也看上了那栋'福利房'，按说他业绩蛮好，但不知什么原因排名却蛮靠后，可能是想在酒宴上给领导留个好印象吧，所以拼了命地喝。"同事说。

"喝酒也算'工作表现'吗？"

"嗨,'表现'这两个字博大精深,好与不好,还不是他领导一句话的事情!"

年前,王记者的父母妻子送走的是一个活生生的年轻人,大年初三接回家的,却是一纸医院的《死亡通知书》。新年的喜庆戛然而止,他们跑到报社要讨个"说法"。

喝酒喝死了人,报社紧急成立了"应急处理小组",给出的善后措施是"一次性补偿十万块钱"。王记者的家人显然不能接受,报社的带队领导又说,自己以个人名义再出10万,凑20万息事宁人。

"报社的意思很明确,王记者是成年人,应该对自己的行为负责,喝酒喝死了,和报社没有关系,给10万块钱已经是'本着人道主义'了。"

"那位领导也是害怕,现在上面查得那么紧,他竟然喝酒喝死下属,查下来他肯定吃不了兜着走。"同事说。

"那王家人的意思呢?"我问同事。

"他们家的意思很明确,王记者是出公差的过程中出的事,必须按照'工伤死亡'条例办。这样的话,总的赔偿数额在70万左右,而且之后孤儿寡母每月也有一定的生活保障。"同事说。

但这一要求是报社绝对不能接受的——因为一旦给王记者报备工伤死亡,就意味着他的死因被公之于众。这样一来,不但那位同桌喝酒的带队领导跑不脱,连报社的党政主管都得受处分。

"那我们现在这是干啥？'助纣为虐'吗？"我跟同事开玩笑。

同事瞪了我一眼，说现在家属要把王记者的遗体抢出来，放到报社大厅里去，报社则要求马上火化，这两样都是我们不允许的。现在的任务是，保证在纪委调查结果出来之前，哪一方都不能碰王记者的遗体。

"今天中午，公安局已经通知了纪委，估计现在上面已经来人了……"

我和同事一共在市殡仪馆守了三天三夜，直到市纪委全盘接手调查。

最终，王记者的家人通过司法途径获得了66万元赔偿，这笔钱由那天与他同席的其余七个人分摊赔付。

那位带队喝酒的报社领导被开除党籍公职，数名报社主管和分管领导被撤职，并受到纪律处分。

但王家人所期望的"工伤死亡"并没有被认定下来，也就意味着孤儿寡母今后不会有每月的生活补贴。消息确认后，王记者的遗孀不顾公婆哀求，执意打掉了腹中胎儿，在一个雨夜离开了王家，从此不知去向。

王记者的老父亲疯了，他多次提着菜刀，满街寻找那天和王记者一起喝酒的人，瞪着通红的眼睛说要砍死他们。

干儿子杀了亲孙子

1

老孔的孙子孔安然出事了。

2016年4月的早晨，9岁的孔安然被几位农民发现蜷缩在318国道边的一片偏僻的油菜花地里，已经死去多时。此前，老孔一家和我所在的辖区派出所民警已经找了孔安然两天两夜。

老孔一家痛不欲生，孔安然的妈妈更是几次哭晕在太平间。经法医鉴定，孔安然死于机械性窒息。

四天之后，杀害孔安然的凶手张启德被抓获归案。听闻消息，老孔一家先是愕然，之后反复地向派出所民警询问："是不是搞错了？"

他们之所以质疑，是因为凶手的身份特殊：张启德与老孔一家的关系十分密切。老孔时年58岁，原系辖区某国企财务处处长，2015年年底刚刚退居二线。儿子儿媳在省城做生意，孙子孔安然则跟随老孔生活，在辖区三小读四年级。而此前，张启德与老孔则在同一单位共事近二十年，既是老孔的"铁杆"下属，还是他的"干儿子"。

我只好出示了相关证据，告诉他们张启德已经认罪了。

听我这么说，孔安然的父母当即就跳起来，喊着要去找张启德拼命，同事急忙把他们拉住。老孔则愣在一旁呆若木鸡。半晌，他才缓缓地坐到椅子上，嘴里挤出一句："畜生！畜生啊！"接着便号啕大哭起来。

"带我去见见那个畜生！我要他亲口告诉我，为什么要害死安然？！"痛哭之后，老孔在办公室里咆哮。我只能先安抚他的情绪，再试图厘清他与凶手张启德之间的纠葛。

老孔在办公室里足足平静了一个小时，才缓缓开口。

2

1995年，17岁的张启德通过农村招工来到现在的单位干装卸工，而老孔那时任该单位的基层干部。一次偶然的机会，两人相识，交谈中，老孔得知张启德是自己的同乡，由此，两人之后的联系逐渐频繁起来。

张启德家境贫寒，早年丧父。初中毕业后，家中无力供他继续读书，碰巧遇上当年单位在附近乡镇招工，才得此机会"进了城"。装卸工虽然辛苦，但毕竟是在离家不远的国有企业上班，张启德对此十分感激。

年轻的张启德干劲十足，与同部门惯于偷懒耍滑的"老油条"们截然不同，他一直干着最重的活，拿着最低的薪水，工作之余，还自行设计制作了几样搬运工具，其中一件当年还被企业评为"技术进步先进奖"，在全厂进行推广。

渐渐地，单位领导也开始关注张启德了，老孔便是其中的一位。作为张启德的同乡，老孔一直对这位"小老乡"颇为关照，经常打听张启德的表现。1998年，单位岗位调整，老孔升任某分厂副厂长，索性直接把张启德从装卸队调到了自己麾下。

"他那时候工作强度大，那点工资又得拿出一大半给家里，平时连饭都吃不饱。我可怜他家里穷，又是个半大孩子，所以时不时地接济他一下。不客气地说，张启德那三年的饭，基本是在我们家吃的，他和我儿子差不多大，我也几乎把他当个儿子来养！"老孔说。

在老孔手下干了三年，2000年年初，单位出台储备干部选拔制度。张启德有心参与，因为担心自己学历不够而向老孔求助，老孔便建议他学个"自考"。

选择专业时，张启德原本想学机械加工之类的方向。但老孔劝他要想有所发展，就得想办法往机关里混，因此建议他去学财会，张启德欣然同意。

"他刚进厂时很多人瞧不起他，他去上学时又有很多人眼红他。那时候厂里不少职工闹意见,说张启德晚上看书影响白天的工作效率,谁也不愿和他一个班。还有人往上级递举报信、搞'联名书',要求单位停发张启德工资,都是我给他顶着。"

经过几年的努力,头脑灵活又肯吃苦的张启德终于拿到了大专学历。毕业那年,老孔正好升任单位财务处领导,作为老孔的"自己人",张启德便顺理成章地调入财务处。

"后来单位'减员增效',把装卸队分流了。和张启德同期进厂的绝大多数装卸工,都只领到万把块的'下岗'补偿便被打发回家了,很多人直到现在还在四处上访告状,只有张启德调进了财务处,不但保住了饭碗,后来还当了干部。"

避过了"下岗潮",还从一名最底层的装卸工晋升为一名财务干事,张启德的人生无疑是转了个大弯。这其中当然有他本人的不懈努力,但肯定也少不了老孔的栽培和提携。

张启德当然也没有忘记老孔的恩情,用旁人的话说,那时的张启德对老孔"比亲儿子还孝顺",有事没事就往老孔家里跑。老孔的独生子大学毕业后在省城成家、做生意,老孔夫妇日常生活中的大小事,多是张启德照料。

2005年,张启德结婚,邀请老孔担任"主婚人"。婚宴结束后,张启德特意把老孔一家留了下来。在包房里,张启德泪流满面,扑通一声跪倒在地,连磕了三个响头。一是感谢这些年来老孔的"再造之恩",二是要认老孔做"干爹",老孔自然一口答应下来。

有了"干儿子"的名分，老孔对张启德的照顾更是不遗余力，张启德在单位自然也是风生水起。

"那时候他干起工作来真是拼命，脑子好用又肯下死力。那些年财务纪律比较松，很多部门的账也走得乱七八糟，但张启德最后总能想办法把账做好，因此很多部门领导和他关系也不错。"老孔说。

进入财务处三年之后，凭着过硬的业务能力、"干爹"的庇护和上级领导的青睐，张启德在岗位竞聘中脱颖而出，成了一名科级干部，前途一片光明。

3

"那你和张启德是怎么结下怨的？"我问老孔。

老孔顿了顿说："说实话，我至今都没觉得做过什么对不起张启德的事情，如果硬说有的话，也只能想到他找我借钱的事情。"

2008年，张启德的妻子生下了一个宝贝女儿，张孔两家都非常高兴。彼时老孔的孙子孔安然刚刚两岁，老孔还说要给两个孩子定个"娃娃亲"，以后张孔两家也就正式成了一家人，张启德那声"干爹"里的"干"字就能正式去掉。

张启德自然十分愿意。但也就在这个时候，不幸的事情发生了，张启德的女儿被查出患有新生儿重度地中海贫血，本地医院无法救治，送到省城儿童医院诊断后，医生给出的预计治疗费用是一个天文数字。

"医生说孩子的情况很危险，即便救过来，以后的花销也是个无底洞。有人劝他放弃算了，反正两口子都还年轻。可张启德坚持给孩子治病，但他们夫妻俩自身财力很有限，老家的亲戚平时都靠他接济，更没钱借给他。所以他只能来找我借钱，我当时就给他拿了4万块。"

"你帮了他那么大的忙，他应该更加对你感激不尽才是啊……"我问老孔。

"张启德当时确实很感激我，说之后等自己能周转了，一定把钱还我，我当时只是劝他孩子治病要紧，先不谈还钱的事情，他千恩万谢地走了。后来，他一直没把钱还给我，老伴也埋怨过我。那时我还怨老伴'财迷'，跟老伴打了几次嘴仗。"老孔说。

大概从老孔那里借来的4万块钱远不够女儿的医疗费，此后的张启德开始"另辟蹊径"找钱。

"没过多久，上级领导就找我谈话，说张启德私自从单位财务账上支了12万出去……"

"挪用公款？"

"可以这么说吧。当时我又惊又气，急忙把他叫到办公室，质问这笔钱是怎么回事，结果张启德一进屋就给我跪下了，说孩子的治疗费差得太远，借遍了朋友也不够。医院一个劲地催他缴费用，他只好先动了公款，还偷着用了我的签名章……"

"按照法律规定，这笔钱已经达到'数额巨大'了，而且张启德一时半会儿也还不上。单位要报案，那样的话张启德肯定完了。没办法，那段时间我只能带着他不停地找领导求情，希望这事儿能够'内部处理'。后来领导终于松口了，说张启德只要在三个月内能把挪用的12万补上，单位可以不把他移送公安局。"

"他把钱补上了？"

"哼。"老孔冷笑了一声，"他哪里有钱去补这么大个窟窿……"

眼见三个月的时限到期，张启德想尽办法也没能补上窟窿，老孔没有办法，只能自己又从家中拿出一笔钱，帮张启德先把单位的钱填了。

张启德勉强逃脱了"扭送公安机关"的命运，但科级干部铁定是干不成了，连老孔都受到了牵连。

"不出这事儿的话，我本可以升到副总的位置上，出了这事，我怎么着也得负个领导责任，副总不要想了，只好在财务处长的位置上等退休……"老孔摇摇头说。

4

听老孔这么说，我心中更加不解。

按道理，老孔为张启德担了这么大的事，张启德应该更加感激老孔才对，怎么也不至于走到加害老孔独苗孙子这步田地。

"唉，人心难测啊……"面对我的疑问，老孔也长叹一声。

"如果当初我不帮他，就让单位把他送到公安机关的话，也未必不是一件好事……"

我不好接他的话，只能继续听他说下去。

"去年三月份的一天，张启德突然找我借钱，开口就是30万……"

张启德出事之后，两家虽然不如以往亲密，但也常来往。但张启德开口就借这么多钱，大家多少都有些诧异。"开始我也很紧张，以为是他女儿的病情又出了什么问题，问他为啥要这么多钱，他含糊其词的，后来经不住我问，他说自己借钱是为了炒股。"

老孔劝张启德不要胡闹，股市有风险，有闲钱的人可以进去尝试一把，但张启德现在这个情况，实在输不起，千万不要去冒这个险。

但张启德执意要借，还说自己已经没退路了。老孔问原因，张启德无奈之下，只得承认自己已经因为炒股欠下了一屁股债，现在早就走投无路了。

"他说了一通什么'配资''爆仓''平仓'什么的，我也听不懂，只知道他赔了不少钱在里面。"老孔顿了顿，"上次他挪用公款的事情后，我曾经跟他说过，经济上有困难来找我，不要再去打公家的主意。但那次他开口就借30万去炒股，我又不是开银行的，哪有那么多钱给他？另外恰好当时我家里也遇到点事儿需要用钱，便拒绝了他。"老孔说。

张启德没有借到钱，悻悻而归。但从那以后，就像变了一个人似的，也不再往老孔家跑，即便在单位也刻意躲着老孔。

看到张启德这个态度，老孔也有些生气。

"钱是我的，借与不借都是我的权利，张启德之前从我这里借钱的时候，我从来都是能给多少给多少，也从来没有催他还过。一次不借，他怎么就这样了？！"

因为这笔钱，两人的关系产生了嫌隙，但老孔还是不太肯相信曾经的"干儿子"会因此恨上自己，更没料到他会伤害自己的亲孙子。

"警官你说，他至于为了这个害死我孙子吗？！"

5

对于老孔的疑问，我也十分不解。带着疑问，我提审了张启德。

挪用公款事件之后，单位撤掉了张启德财务处的科长职务，被"发配"到后勤去管理苗圃。此时，张启德既哀叹命运对自己不公，又痛恨身边人的无情——以前单位那些跟他称兄道弟的各部门头头脑脑，现在纷纷转过头来与他"划清界限"，生怕避之不及。

由于背上了"污点"，此后，无论张启德工作多么努力，都难以再获得领导的好感。任何评优选模活动也都与张启德无缘，甚至连每年全单位每一名职工都有的年终奖，张启德也被减了一半。

既然前途无望，张启德便将目标转向了其他赚钱的门路上。他确实很需要钱，女儿的病就像一个无底洞，未来手术还需要一大笔钱。那几年，张启德疯狂地寻找各种赚钱的机会，他在业余时间卖过汽车、倒过茶叶，尝试了所有能找得到的路子。

终于，在2014年年底，一个看似千载难逢的机遇被张启德发现了。

那年从下半年开始，中国股市大热。无数人涌入其中，梦想着一夜之间改变命运，张启德也加入了炒股的大军。

开始他只投了一点点钱，没过多久便小赚了一笔，这让他十分激动。彼时，网络上通过炒股一夜暴富的神话铺天盖地，张启德觉得自己应该把握住这次机会，"玩个大的"，就此咸鱼翻身。

2015年3月中旬，交际甚广的张启德从"发小"那里得到一个"内幕消息"，说一只"妖股"在连续两天跌停之后将会大涨。他觉得自己赚钱的时机到了，便瞒着妻子将存给女儿的八万块治疗费取了出来。

思来想去，张启德觉得这些本金还是太少，即便赚了也不足以让自己翻身。有人提议他用"场外配资"。出于对"发小"那条"内幕消息"的笃信，张启德便找到了一家配资公司，用女儿的8万块治疗费做保证金，选择了高比例的配资炒股。

没想到，资金进场第一天，那只股票便迎来又一个跌停，高达1比7的配资比例下，张启德巨亏，配资公司通知张启德补缴保证金，不然第二天可能会强制平仓。

张启德惊出了一身冷汗，想到那8万块是女儿的"保命钱"，说什么也不能被平仓。他慌忙四处筹钱，身边朋友全都借了个遍，才勉强凑了几万块补了仓。

可那只股票并没有像"内幕消息"中所说的那样反弹，很快便迎来第四个跌停板，刚刚投进去的几万块又灰飞烟灭。配资公司补缴保证金的电话再度响起，张启德情急之下在小额贷款公司又借出了5万块高利贷，一股脑投进股市继续补仓。

"明知亏成这样还不收手？"我问张启德。

"现在想想，我那时候就是'癔症'了。听别人说，炒股票最怕不坚定，'小跌'的时候跑了，'大涨'的时候便进不来了。当时我就一门心思地坚信，那只股票肯定会大涨，所以亏成那样还一直挺着。"张启德说。

"万一你等不到那个所谓的'大涨'呢？"

"我当时顾不上这些了，那么多钱都扔出去了……另外……"

"另外什么？"

"老孔之前跟我说过，经济上有困难可以去找他，他儿子在省城做生意，家里比较有钱……所以……"张启德犹豫了一下。

"所以你就想着最后还有老孔给你'托底'？"

张启德点点头。

6

然而奇迹依旧没有发生。之后的几天，那只股票虽然没有再度跌停，但接连下降的走势线告诉张启德，他借来的高利贷又亏得只剩零头了。

张启德曾打电话给"发小"问罪，但那位"发小"依然信誓旦旦地对他说："再坚持一下，有大户进来了，现在只是'洗牌'，马上就要大涨。"

配资公司补交保证金的电话又一次响起，但张启德这次再也拿不出一分钱了。但赌徒往往都有"赢跑亏不跑，越亏越不跑"的心理，此时的张启德不但亏完了女儿的治疗费，还背上了十几万债务，因此更不甘心就此放弃。

万般无奈，张启德找到了"干爹"，希望老孔兑现当初的"承诺"，看在自己这个"干儿子"十几年鞍前马后的分儿上，再"帮衬"一把。

然而，这次老孔却回绝了他。之后，无钱补交保证金的张启德绝望地看着自己的股票账户被配资公司强制平仓，先前投进去的十几万血本无归。

"他之前一直说，我要是经济上周转不过来就跟他说，要不是有他这句话，我也不敢拿女儿的救命钱去炒股票啊！"

后来，当我问起老孔这句话的意思时，老孔颤抖着声音对我说："我的意思是孩子治病缺钱的话跟我说，谁说要帮他去炒股票了！"

"那一刻，我觉得自己彻底完了，女儿治病的钱被我输光了，还欠下了那么多外债，连翻身的机会都没得了。而且，这些事情我老婆一点儿也不知道，我也不知道如何向她解释，那时候连死的心都有了……"张启德说。

这次"配资炒股"让张启德的人生再度坠入深渊，十几万的债务让原本就捉襟见肘的他更加绝望，但之后发生的事，却让他的绝望逐渐演变成了对老孔的怨恨。

"我被'平仓'之后，那只股票却不断上涨，从7块一路涨到22块……如果我有那30万，按照之前的计划，现在我不但还清了外债，还可以狂赚一笔，那样孩子的手术费也凑齐了……"

然而，命运对张启德的打击还未结束。给女儿准备的8万块，是张启德夫妇原本打算带女儿去北京做手术的"救命钱"。这笔钱被张启德输了个一干二净，他又不敢对妻子明说，只好把女儿赴京手术的时间一拖再拖，导致女儿错过了最佳手术时间，没多久便离开了人世。

在妻子的严厉追问下，张启德只好把自己炒股的事情和盘托出。妻子一怒之下与张启德离了婚。

"辛辛苦苦十几年，一朝回到解放前……"张启德痛苦地低下头。

"借钱这事，老孔借给你是缘分，不借是本分，你女儿的事，分明就是你自己的责任。更何况，就算老孔给过你承诺，他一时半会儿去哪里给你弄那么多钱？"旁边的同事听到此，忍不住指责起张启德。

"他当时不是没有钱，就是见死不救！"张启德情绪突然激动起来。

张启德原本只是怨老孔不该跟自己说大话，但有一次去居委会办事时，却偶然间听到了一个令他火冒三丈的消息：就在2015年，老孔家一次性拿出100多万在省城全款买了一套商品房，准备以后把孙子孔安然的户口迁到省城去，以便就读更好的初中。而买房的时候，正是老孔以"没钱"为由拒绝张启德之后不久。

张启德追问居委会干事此事真假，居委会干事说："那还有假？老孔过来给孙子办户口迁移的社区证明时亲口说的，还劝我说省城的房价要涨，赶紧趁早买一套，即便不住也是投资……"

这句话成了压垮张启德的最后一根稻草。

"我当时真的气炸了，脑袋轰的一声。他当初承诺得那么好，自己又明明有钱，为什么见死不救？他口口声声地说我是他'干儿子'，这些年我鞍前马后地孝敬他，比亲儿子都用心……"

从居委会出来，愤怒和绝望让张启德忘掉了多年来老孔对自己的照顾和帮助，彻底失去了理智。他决定报复老孔，就从他最疼爱的孙子身上下手，让他也感受一下失去亲人的痛苦。

尾 声

后来，我把张启德的供述大致告诉了老孔一家，虽然语言尽量委婉，但老孔一家还是气得暴跳如雷。老孔更是怒急攻心住进了医院，至今仍未出院。

这场凶杀案便这样了结了。

2017年年初，法院传来消息，张启德涉嫌故意杀人罪一审被判处死刑，剥夺政治权利终身。

坊间对于这起案子议论纷纷，有人指责"干儿子"张启德是"白眼狼""畜生""恩将仇报""心理变态"，有人说"干爹"老孔这是"斗米养恩、担米养仇"。也有人可怜张启德命不好，辛辛苦苦终于要混出头了，孩子摊上这么个要命的病，硬生生地又把他砸了下去。

二十万买来的重点录取通知书

2013年9月的一个下午，一对父子快步走进派出所。父亲一边打电话一边直奔楼梯口，儿子则背着书包，拉着拉杆箱，在楼下报案大厅站住。

我赶紧伸手拦那位父亲，告诉他二楼办公区有门禁，要报案的话跟我说，要找人的话提前打电话。那人冲我扬了扬手中的电话，说自己是所长的朋友，正在跟所长通话。

我看屏幕显示的号码确实是所长的，又听男人在电话这头，一口一个"大哥"地喊着，很是亲近。值班同事中有认识他的，冲他摆摆手算是打招呼。

看来真是所长的熟人，我便给他开了门禁。不多一会儿，那个男人就又走了下来，所长跟在他身后。

"有事你就报案，又不是不认识我就不给你查。"所长的语气中略有些不满。

男人尴尬地笑了笑，依然打着哈哈说："陈姐真是我小学同学，我这就给她打个电话……"

男子所说的"陈姐"是所长的妻子，所长听了他的话，脸明显更黑了，撂下一句："该报案报案，你扯她做什么！"说完扭头回了二楼办公室。

我诧异地看着那个男人，他也看了我一眼，又把自己和所长妻子是小学同学的事情重复一遍。我不便打断他，还是按部就班地问他有什么事情。

男子就把一封EMS邮件放在我面前，说要报案。我打开信封，里面是一份武汉某重点大学的录取通知书，一份新生入学说明和一张缴费银行卡。

我拿出来看了一遍，也没看出什么特别，问他报什么案。男人高声说："这录取通知书是假的！"

他说他被一个叫王杰的人骗去了20万。

1

报案人名叫陈桥，44岁，辖区个体工商户，同来的儿子小陈，18岁，市某高中应届毕业生。

陈桥称，儿子今年参加高考，但只考了300多分，勉强能读个专科，他不想让儿子读专科，想方设法四处找门路，看能不能"花点钱""找找关系"让儿子读个本科。

找来找去，陈桥通过朋友认识了一个叫王杰的人，那人自称是省教育厅某领导的侄子，可以搞来"大学指标"，只要陈桥肯花钱，他就能帮小陈去武汉读个重点大学，而且还是那种免学费、不愁毕业找工作的专业。

听到这里，我暗自摇头，不出所料的话，这应该又是一起典型的"找关系被骗"的案子。

2

按照王杰给陈桥开出的价码，不同的学校需要花费不同的金额：独立学院8万，普通二本12万，重点本科20万。

陈桥选了"重点本科"，他觉得反正都是花钱，不如搞个最好的，可又觉得20万有些高，便跟王杰讨价还价。王杰说，价钱没得商量，想要"指标"的人排着队，晚了就给别人了。

陈桥很犹豫，20万不是个小数目，一家人省吃俭用得攒好多年。但那个"指标"，又像是悬在眼前的一块肥肉——重点大学，既是给自己脸上贴金，又是改变儿子一生命运的机会。

陈桥一时拿不定主意，私下里问了好些人。有人劝他千万别信，这年头骗子多，"高招"现在正规得很，根本没有暗箱操作的空间，也更不存在"买指标"这种事情，别中了骗子的套路。

但也有人劝他一定要"抓住机会"，说"高招"一直都黑得很，潜规则多了去了，"咱小老百姓能有机会沾点光，那是咱的福气啊,一定不能错过了"!

陈桥犹豫了很久,其间也打听了其他"路子"。有人给他出主意,说这分数统招本科基本没希望,但可以退一步让孩子读个自考,也是本科,将来也能考研考公务员的。陈桥想了想,还是否定了,"自考,说出去多丢人"。

也有人提议陈桥把儿子送出国,虽然贵点,但好歹可以对外宣称是"留学生",这总不丢人吧。陈桥心中盘算了一番,出国读书一去好几年,那个花销实在有些难以承受,也只得作罢。

思来想去,陈桥决定赌一把,反正他之前关注的那些坊间流言,无不都是"某某花了多少钱让儿子读了重点大学""某某家的孩子托关系拿到了高校'内部招录'名额"这类故事,万一真被自己遇上了呢?

"300多分花20万上重点大学,这买卖真要做成了你也不亏哈。"一旁那位认识陈桥的同事插嘴说道。

"当初不就是为了帮着孩子'改变命运'嘛!"陈桥可能没听出我同事话里的意思。

3

按照约定,陈桥先付给王杰4万块订金——这表示,自己已经"预定"了一个"重点大学"指标。王杰要走了儿子小陈的身份信息和高考成绩,说让陈桥在家等消息。

过了几天，王杰就发来几张写有小陈名字的文件图片，文件上面还盖着武汉某高校的公章。王杰告诉陈桥说"预定"已经成功了，小陈的招录走的是学校的"内部通道"，"资料"已经"上报"，让陈桥准备下一笔钱。

王杰口中的"第二笔钱"是8万块，按照约定，陈桥要在收到"领导批复"后打给王杰。转眼就到了同期高考的学生填报志愿的时候，陈桥问王杰，自己该给儿子怎么填，王杰说不要走学校的那套填报志愿程序，他给小陈走的是另外一套"专门程序"。

小陈没有去学校填报高考志愿，班主任老师还打电话来家里催过，但被陈桥以"准备出国念书"的理由搪塞了回去。

又过了一段时间，王杰说大学招生办那边办得差不多了，让陈桥付"第二笔款"，陈桥把四下筹到的8万块汇过去不久，王杰就发来一张同样盖着公章的"红头文件"，上面是小陈被录取到武汉某重点大学的"领导批复"。

8月上旬开始，同年考生都开始陆续收到录取通知书了，陈桥也时刻关注着儿子上学的消息。他不时上网查询，但一直没找到儿子被录取的信息。对此，王杰给出的解释是，录取小陈走的是"内部通道"，信息肯定不能公开，陈桥自己查肯定是看不到的。另一方面，又提醒陈桥，准备支付"尾款"。

陈桥说，那时他的心里多少还是有些忐忑，拖了王杰几天，想着等儿子正式办理了入学手续之后，再把剩下的钱支付给王杰，但王杰却断然说，必须先付款，不然就不给陈桥办"指标"了。

陈桥终于"硬气"了一回,说这样的话自己不办了,让王杰退钱,可王杰却说,之前交的钱也已经"用了",想退肯定是退不了的。

陈桥无奈,只好就范,把剩下的8万块"尾款"转给了王杰。王杰倒也没有食言,到了8月下旬,就将一份EMS邮件交给了陈桥,说事情已经办好,让陈桥按照通知书上的日期,带着小陈去学校,找一位姓马的学校招生办领导,他会负责安排之后的事情。

王杰又给强调了好几遍,在报到之前,切勿联系那位姓马的领导,也不要走漏风声,不然坏了"规矩",小陈上学这事儿就黄了,钱也不能退。

连专门"接头"的领导都安排好了,陈桥认为儿子读重点大学基本算是办成了,兴奋之余,还带着儿子去青岛玩了几天。

4

然而,9月7日这天,陈桥兴冲冲地带着儿子去学校报到,却没有联系上王杰口中的那位"马领导",陈桥在招生办询问时,对方回复说,这里压根儿没有姓马的工作人员。

陈桥又带着儿子去学校统一办理入学登记的地方,却被迎新人员告知,学校2013级新生名单里根本没有小陈的名字,陈桥拿出录取通知书,对方只看了一眼,便一脸严肃地说,录取通知书是假的。

陈桥不相信，学校方面就拿出其他学生的报到材料，事实证明，的确和小陈所持有的不同。学校工作人员同时解释说，小陈手里的录取通知书是去年的版本，EMS邮件中的物品也都是假的。

由于事关重大，学校方面又派人专门核实了一下学校高招系统中的记录，确实没有小陈的信息。

于是，陈桥父子在众家长、学生和老师疑惑的目光中，灰溜溜地离开了迎新处。一走出学校大门，陈桥马上就给王杰打电话，但发现电话怎么都打不通了。

陈桥又给之前介绍他和王杰认识的那个朋友打电话，朋友说自己和王杰也只是几面之缘，没什么深交。陈桥让朋友联系王杰，但朋友也联系不上他。

陈桥感觉大事不妙，但也束手无策，只好打电话给儿子的高中班主任，班主任不明就里，还以为陈桥找他咨询儿子出国读书的事情，上来就问陈桥，你儿子出国的事情办得怎样了？

陈桥只好在电话里支支吾吾地把之前托人拿重点大学"指标"的事情简要跟班主任讲了一下，班主任只听了个开头，就断言陈桥被人骗了——他这么多年的从教生涯，也不是第一次听到这样的消息了。

学校也曾在学生高考成绩揭晓后，给学生家长发送过有关防范高招诈骗的警示信息，只可惜，那时候的陈桥一门心思送孩子进重点大学，看了一眼便关掉了。

陈桥急得像热锅上的蚂蚁，一方面，拿了他20万的王杰不知去向；另一方面，儿子很可能面临没有学上的问题。他问班主任现在"报志愿"还来得及吗？班主任说应该来不及了，绝大多数高校都开学了。

陈桥当场气得暴跳如雷。

5

听完陈桥的讲述，我不禁惊讶于一个在社会上摸爬滚打了近二十年的生意人，竟然被这样一个拙劣的谎言轻易骗走了这么多钱。

和同事一起给陈桥做受立案材料时，我问他："三次付款，难道就没怀疑过事情的真实性？"

陈桥说，他确实怀疑过，但王杰的一番说辞很快便打消了他的怀疑。

陈桥曾问王杰那些"重点大学"的指标是从何而来的，王杰跟他说：每年省内高校都会给省教育厅几个"指标"，用来招录那些分数不够但想上重点大学的领导子弟——这是省内高校用来和主管部门"搞好关系"的潜规则——当然，并不是每年都有"领导的孩子"需要用到，因此那些"多出来"的"指标"就会被卖掉，而自己正好就是那个负责"卖指标"的中间人。

然后陈桥就信了，他说自己不仅信了，而且那时还很是窃喜——他以为，自己这次终于算是沾了"潜规则的光"。

我又问陈桥，难道一直没怀疑过王杰"省教育厅领导的侄子"的身份吗？陈桥说开始肯定怀疑过，但后来接触了几次，就信了，因为自己认准了王杰的那股"气场"。

他说，自己长期在街面上做生意，也算是"见多识广"，老百姓和"有身份的人"，他一眼就能看出来。

陈桥一共与王杰见过三次。第一次见面，陈桥就认定，这不是个普通人。

那天，陈桥在朋友的介绍下与王杰在武汉市区某酒店见面。包间里，王杰不时提起自己和叔叔（即教育厅某领导）之间的关系很是亲近。那顿饭由王杰点餐，陈桥买单，加上酒水一共花了3000多块。送走王杰，陈桥不但没有心疼，反而兴致很高。他从王杰点菜和聊天的"派头"看出，王杰绝对是个"见过大场面""常上大席面"的人。

第二次见面在本地，那次陈桥专门请王杰来本地的"虾市"吃虾。那顿饭同样是陈桥买单，一顿"虾宴"又花了将近两千。但陈桥依旧非常高兴，因为王杰给他"细说"了"指标"的事情。

第三顿饭，陈桥便在请客吃饭的同时，带去了4万块钱"订金"和两件飞天茅台。他说一箱送给王杰，另外一箱请王杰"转赠"他的叔叔。

我问他为什么还送茅台酒给王杰，陈桥说当时还以为终于结交了一位"大领导"，想顺带"探个路"，以后难免还有用得到的时候。

6

自从那天开始，王杰就持续失联。我们首先找到的，还是那个介绍王杰给陈桥认识的朋友张某。张某和陈桥是多年的朋友，对于陈桥受骗一事，张某却一脸茫然。

张某是做物流生意的，因生意原因，以前跟王杰有过几面之缘。王杰从事教育培训行业，好像还是一家教辅机构的老板，看起来比较"有背景"。当初张某也是看陈桥为儿子上学的事情着急上火，随口提了一句王杰的名字，没想到陈桥竟然当了真。

谈话中说到陈桥，张某说陈桥脑子很活络，做生意在行，情商高，尤其是人际交往方面，特别有一套，能办成很多别人办不成的事情，这是朋友圈子里大家公认的——大到做生意被工商税务罚了款，小到孩子在学校玩闹和同学置了气，只要遇到事，陈桥总能借助各种"朋友"妥善解决，尤其是三年前他儿子中考，本来分数不够，也是陈桥不知托到了谁的关系，愣是把儿子给塞进去了。

"常在河边走，怎能不湿鞋。"对于陈桥被骗，张某如此解释，"其实这也不是他第一次上当，两年前他就被骗过一次……"

那年，陈桥侄女大学毕业考本市银行，初试没过线，陈桥的二哥认为弟弟"手眼通天"，让他帮忙"找找路子"。于是，陈桥

"结交"了一个自称和"市支行领导"关系很好的人,那人承诺可以帮陈桥把侄女"办进"银行,但要价十万块钱。

陈桥向二哥满口保证说,那人和自己是"兄弟伙的",结果二哥给了钱,那人却跑了,侄女进银行上班的事情更是没谱,为此陈桥兄弟俩闹得很不愉快。

我有些恼火,指责张某说,你明知道陈桥之前上过当,怎么还给他"介绍"王杰?连你自己都跟王杰不熟,怎么敢介绍给朋友认识?

张某先争辩说,当初自己也是好心,陈桥跟他说,自己只是想找人问问高考招生的事情,没提"买指标"的话。况且陈桥又不是"铁脑壳",没想到他最后竟然真吃了这么大的亏。

后来张某沉默了一会儿,叹了口气,又说这事儿自己的确也有责任,愿意拿点钱出来补偿陈桥。我说现在不是聊这个的时候,先配合警方工作吧,抓不到王杰,你自己的干系也撇不清。

7

一个月后,王杰被抓,讯问室里,他承认自己并非什么"教育厅领导的侄子",那个他口中的"叔叔"也纯属子虚乌有,所有的"内部文件""录取通知书",都是伪造的。

甚至,王杰也不是什么"教育培训机构"的老板,只是之前曾在一家教育培训机构中工作过,担任总经理助理。工作期间,王杰道听途说了一些有关高招"套路"的传闻,不过那时,他也只把这些当成段子。

王杰从那家教育培训机构离职后,一直没找到理想的工作,又染上了赌瘾,在外欠了不少债,才决定用这个办法实施诈骗,当我们将他抓获归案时,他所诈骗的钱财除了一部分还赌债外,其余大部分已经被挥霍殆尽。

陈桥也不是王杰诈骗的唯一受害者。除他之外,本市和本省的其他地市还有多名受害者,都被王杰以"购买重点大学入学指标"为由,骗去了数额不等的财物,因为陈桥被诈骗的金额最高,该起系列诈骗案最终被串并到我们单位办理。

王杰交代称,去年"高招"期间,自己便试图以代办文凭的方法实施诈骗,不过没有成功,为此他甚至专门找人"求教"过。"师父"告诉他,诈骗这事儿要善于制造"噱头",不然哪个信你?王杰问什么"噱头"最好用,"师父"说,尽量编造一些普通人感兴趣的"权钱交易""官场黑幕"等,现在人们都信这个。

于是,王杰这才想出了"卖指标"的主意,他将自己伪装成"领导侄子",没想此举倒真的骗到了不少人。除了现金之外,还有受害人的争相宴请和馈赠礼品,单是名贵烟酒就收了一大堆。

我问王杰这些受害者为何要另外给他送礼,王杰交代的原因和之前陈桥所叙述的相差无几——都是希望在此事之外,结交王杰和他背后的"教育厅领导叔叔"。

移送看守所前的最后一次讯问中,王杰问我他这案子大概会被判多久，我说："你干这种事真是缺了大德，这些家庭不但被你骗了钱，很多孩子为此还耽误了正常的高招报名，今年连个学都没得上，你这是毁人家一辈子的行当。我要是法官，至少判你个'无期'。"

"他们孩子高考考了多少分，能上什么学校，他们自己心里没数吗？"王杰却阴阳怪气地说。

纵然王杰这样不思悔改，法律还是会有公正的判决，因为多起案件共处，诈骗数额特别巨大，他最后一共被判处十二年有期徒刑。

一心想当厂长夫人的临时女工

2014年年初，我第一次见到胡翠萍。

那天我值班，一名女子来派出所报案，上来就把一支录音笔拍在我面前，说报案过程她要录音。

我诧异地看着她，然后指了指头顶上的监控器，说报案大厅里有同步录音录像设备，之后需要的话可以来调，不用自带录音笔。

女子轻蔑地瞥了我一眼说："谁知道你跟谁是一伙的！"我被她说得丈二和尚摸不着头脑，正好有同事路过看到她，急忙招呼我过去。

走到一旁，同事才悄悄说这个女人叫胡翠萍，是一名精神病人，以前一犯病就来派出所"报案"。今天估计又犯病了，他现在就去联系胡翠萍的家属来派出所接人，让我想办法稳住她。

回到报案大厅，我问她报什么案。

只见胡翠萍小心翼翼地从手提包里拿出一包东西说:"这就是证据。我要举报前单位徐厂长贪污受贿。"

打开包裹,里面只有一沓旧报纸和几份超市的宣传单页——看来她的精神的确不太正常。我在警综平台里输入胡翠萍的名字,照片确实是她,页面上也显示她是在册的肇事肇祸精神病人。

瞥了一眼远处的同事,他正在打电话,还不住地给我递眼色,示意我赶快继续。我给胡翠萍倒了杯水,让她说说"举报"的事。胡翠萍接过纸杯说了声谢谢,才开始继续。

接下来好长一段时间,胡翠萍一直语无伦次,"徐厂长""张处长""贪污受贿""玩弄妇女",几个词反反复复,说到激动处,还会喊打喊杀。

为了拖住她,我只能有一搭没一搭地接着话,拿着笔假装在笔记本上做记录。

二十分钟后,一群人走进派出所。两个男人一言不发,抱住胡翠萍就要往报案大厅外面拖,我急忙喝止,问他们是干什么的。

人群中的一位老者掏出身份证,说自己是胡翠萍的父亲,拖她的分别是她的哥哥和姐夫。我问老胡要把女儿带去哪儿,老胡叹了口气:"还能去哪里,先回家,控制不住就去精神病医院。"

胡翠萍拼命挣扎、大声喊叫,最终还是被拖出了派出所,塞进了一辆小汽车,一行人绝尘而去。

1

　　胡翠萍并没有被送去精神病院，仅仅过了一个星期，所里就又接到有关她的报警，但这次报警的不是她本人，而是一名社区清洁工。

　　清洁工说，那天下午她正在小区里收垃圾，胡翠萍突然来到她面前，质问她为什么要"跟踪"自己，是不是"徐厂长"派来的。

　　清洁工不知道胡翠萍是精神病人，回嘴和她争了几句，胡翠萍竟然捡起花坛里的一块砖头就抡了上来，一边抡一边大喊——"打死你个犯罪团伙的走狗！"

　　年过五十的清洁工被打得满头是血，一边跑一边呼救，直到闻声而来的小区住户联手夺下胡翠萍手中的砖头，才又把她扭送到了派出所。

　　老胡又一次被叫到了派出所，处理完赔偿事宜，我问他，上次为什么不送女儿去精神病院，他没有直接回答我，只是向我一再保证，这次一定送去。

　　我问老胡，胡翠萍口中的那个"徐厂长"是谁，老胡愣了一下，只是摆了摆手，撂下句"不说了，丢人"，便换了话题。

2

这一次，胡翠萍的确被送去了市医院精神科。但几天后，精神科就向派出所反映，胡翠萍住院期间依旧存在暴力行为，精神科医护实力不济，不能确保正常治疗，亦无法保障其他病人的安全，因此强烈要求联系胡翠萍家人，将其转诊至沙市或武汉的精神专科医院。

我通知老胡去办理转院手续，老胡嘴上答应，却迟迟不付诸行动。精神科催得紧，我只得直接找到胡翠萍家里，老胡没办法，这才告诉我，专科医院费用很高，家里实在难以负担，不知道能否再跟市医院精神科协调一下。

可市医院精神科态度坚决，老胡又因为费用问题就是不同意转诊，我夹在中间很是为难。

思前想后，我突然想到，胡翠萍曾是某厂职工，是有医保的，按规定原单位可以负担医疗费用。我急忙联系胡翠萍原单位保卫处，保卫处也答应派人到派出所处理。

但老胡似乎非常不愿跟女儿原单位的人打交道，办理转院手续时一言不发。按照移送要求，家属需要出人陪同控制，老胡却推说自己心脏不好，让胡翠萍的姐夫跟着去。

我记得胡翠萍在警综平台上的记录是"已婚"，便问："她丈夫怎么没来？"老胡又摆摆手："谁知道死哪儿去了！"

我有些诧异，本想在平台上查查胡翠萍丈夫的联系方式把他叫来，却查到一条有关他的"涉警记录"，内容竟是"捉奸"时与人发生打斗。想来夫妻二人关系应该不好，我便暂时打消了叫他来陪同的念头。

作为胡翠萍伤人一案的主办民警，按规定我也需陪同前去。加上单位保卫处的两人，一行五人乘车前往沙市精神医疗康复中心。

一路上，车内的氛围很是怪异，保卫处的两人相互聊天，偶尔和我说几句话；胡翠萍的姐夫只跟我说话。办完转诊手续已是中午，保卫处工作人员和胡翠萍姐夫又分别给我发信息说中午一起吃饭。

我以为两方说的是同一饭馆，进门后却发现只有保卫处的人，问胡翠萍姐夫去哪儿了，他们没明说，只是摆摆手说："他搞他的，咱搞咱们的。"

我给胡翠萍姐夫打电话叫他过来吃饭，他推说中午约了沙市的朋友，下午也不跟我们一起回去了。

我有些诧异，隐约觉得他们之间可能有什么事情。当场也不好强求，只得作罢。

3

厂里保卫处的杨科长以前我们就认识，饭局间，我问他"徐厂长"是谁，胡翠萍为何对他喊打喊杀的。杨科长就咧嘴一笑：

"李警官消息蛮灵通的，这事儿都被你知道了。"

"我也只是从胡翠萍的口中听了点皮毛，能说的话你就说说呗。"我也笑道。

杨科长反问我："胡翠萍家属没跟你说过？"我说没有。

杨科长想了想，说："这事儿过去好几年了，也没啥不能说的。我就给你说说吧。"

徐厂长原名徐长江，以前是杨科长他们厂的副厂长，2011年因贪污受贿落马，落马前胡翠萍是他的情人。

这倒出乎我的意料，没想到胡翠萍和她口中的"犯罪集团头子"是这样一种关系。

"说起胡翠萍，当年也是个很会来事儿的女人，年纪不大，心思却不少，只是没用到正当处……"杨科长颇为感慨。

胡翠萍是1997年进厂，最初在仓库当保管员，只是个临时工。那时胡翠萍非常漂亮，厂里追求她的小伙子很多，但她都没看上。

1999年，胡翠萍嫁给了一名姓韩的车间主任。两人的结合很出乎众人意料，韩主任比胡翠萍大了十七八岁，当时已经快四十了，老婆几年前因车祸去世，是胡翠萍主动追求的他。

厂里当时议论纷纷，都说胡翠萍是看上了韩主任的"干部身份"，为了转正才嫁给他的。对此胡翠萍也不辩解，结婚没多久，胡翠萍的身份果然由临时工转为"家属工"，很快又在丈夫的运作下转成了正式工。

与胡翠萍同期进厂的临时工走的走、辞的辞，只有胡翠萍"修成了正果"，虽然也有人说风凉话，但两个单身男女，一个愿嫁一个愿娶，旁人也说不上什么。

但之后，很快就不太平了。

婚后大约三四年，胡翠萍突然从韩主任所在的车间调到了厂机关政工科，身份也一下由车间工人变为企业政工干部。当大家还在议论韩主任给她"走了谁的门路"时，两个人突然就离了婚。

当时一度有传言，说胡翠萍跟时任厂人事处处长张某混到了一起，至于俩人到底是谁先"勾引"的谁，厂里众说纷纭。很快，传言就被证实——厂里有人在人事处办公室撞见了二人正在亲密。

这个消息当时在厂里引起了一阵不小的风波，原因在于，那时张处长家庭圆满，妻子也在本厂工作，女儿正在厂子弟学校读初中。张处长的妻子很快发现了丈夫的奸情，怒气冲天地找到办公室，与胡翠萍大打出手。

"办公室被砸了个稀巴烂，胡翠萍也被按在地上打，那事儿回去问你师父老宋，当年就是他出的警。"杨科长对我说。

很快，张处长就被厂领导约谈了，但这似乎也并未影响他与胡翠萍之间的关系，2004年，张处长正式和妻子离了婚，不久便和胡翠萍走到了一起。

4

张处长和胡翠萍在一起没多久，韩主任就被气得住了院。

当年杨科长还在厂行政处工作，代表厂里去医院慰问过韩主任。韩主任在病房里痛骂胡翠萍是"婊子"，说自己费尽心思给她转了正，结果却被摆了一道，不但日子没过下去，家里的财产还被胡翠萍分去了不少。

韩主任后来就休了长期病假，听说是肝脏出了问题，去武汉治病了。回来之后也没再上班，不久就办了"病退"。

眼见着韩主任遭受如此大的打击，厂里很多人都开始说胡翠萍是"狐狸精""不要脸"。有些和韩主任关系好的，或是不怕事的，甚至在公共场合直接把这些话甩到胡翠萍脸上。但胡翠萍似乎也不生气，依旧我行我素，不吵也不闹。

"骂她归骂她，但当时，也有好多人佩服她，甚至眼红她……"杨科长说。

的确，几千人的国企，临时工"仰望"正式工，"车间"向往"办公室"，从临时工到机关干部，是多少人奋斗半生不可得的。胡翠萍靠着两段相隔没多久的婚姻，便达到了很多人一辈子的"终极目标"。

没有人知道胡翠萍心中是怎么想的，她在厂里几乎没有朋友，至少表面看来没人愿意跟她走得太近。

直到胡翠萍正式和张处长结了婚，厂里的传言才渐渐平息。

那几年，胡翠萍在机关政工科的工作也平平淡淡，既没传出过什么"彩头"，也没听说出过什么事故。大伙都知道她是张处长的老婆，谁都不愿去触这个人事处一把手的"霉头"。当然，单位上有什么好事，同事们也都让着她。

直到2008年，胡翠萍又出事了。

"那时政工科科长内退，位置空了出来，本来都以为会从两名副科长里面选一个出来主持工作——所谓'主持工作'，实际就是提拔前的试用，不出意外的话，'主持'个小半年，上级任命就会下来……"

两名副科长都跃跃欲试，但最终结果出来，"主持工作"的竟然是胡翠萍。

"当时厂里人都骂啊，说张处长太过分了，竟然这么明目张胆地提拔自己老婆，还有人去告状，一直告到了市里。"

市里要求厂里做出解释，厂里说胡翠萍工作很优秀，而且只是"主持工作"，并非正式任用。没承想，胡翠萍的工作后来一直没变，过了一段时间，张处长的职务倒由实权部门人事处平调到了后勤物业处。

厂里人都拍手称快，以为张处长被调走，胡翠萍的好日子也要到头了。可直到2011年，三年过去了，机关政工科依旧没有选出科长，还是胡翠萍在"主持工作"。

厂里的传言又出来了，说胡翠萍是因为和副厂长徐长江"关系不正常"，才得以继续在政工科"主持工作"。这事儿，自始至终都是徐长江一手办理的。

"那时候徐长江去省城开会,动不动就让胡翠萍同去,你说领导开会不带厂办(办公室)的人,却总去政工科找人,这肯定不正常吧……"杨科长说。

我也点点头。

5

张处长当然也感觉"不正常",甚至在厂里刚公布胡翠萍"主持工作"后就着手调查过,为此还闹到了派出所。

"那时我已经调到了保卫处,有天夜里派出所打电话让我去'领人',我以为是厂里抓了小偷,急忙往派出所赶。结果走到半路又接到派出所电话说不用来了,要'领'的人已经走了,弄得我云里雾里……"

后来杨科长去派出所办事,才在相熟的民警口中得知,那天晚上,是张处长和徐厂长在吉水苑宾馆里动了手,两人都挂了彩,现场还有一个人,就是胡翠萍。

吉水苑宾馆原是厂招待所,后来才承包出去。厂里在宾馆留了几个豪华包间作为日常接待之用,徐长江是总公司调来的干部,在本地没有家室和固定住所,所以一直住在宾馆的豪华包间。

一般出现涉及吉水苑宾馆的警情,派出所基本会通知厂保卫处协助处理,那天张处长和徐长江在包间里打架,徐长江报了警。派出所看双方都是厂里的人，便通知了保卫处，结果张处长和徐长江闻此，纷纷表示"算了算了"，然后便各自离开了。

那起警情便是我先前查到的"涉警记录"，原来被张处长"捉奸"的人，就是徐厂长。杨科长说，这事被厂里压了下来，除了当事人和他，大概再没别人知道。

之后不久，张处长便由人事处调后勤物业处，杨科长感觉他应该是被整了。

"胡翠萍后来真成了'厂长夫人'？"

杨科长笑笑："怎么可能！真成了'厂长夫人'她会得精神病？"

"捉奸"之后，张处长居住的宿舍区"处长楼"里，常半夜敲敲打打，十分吵闹。邻居告到保卫处，杨科长出面了解情况，才知道原来胡翠萍要跟张处长闹离婚。

"别做梦了，那个姓徐的就是玩你，根本看不上你！"张处长曾当着杨科长的面对胡翠萍怒吼。胡翠萍也不跟他吵，只淡淡地回："我愿意，你管不着。"

可张处长就是不同意跟胡翠萍离婚，他咽不下当年为娶胡翠萍抛妻弃子的那口气。而且，韩主任的例子就在前面摆着，"我就是拖死你也不让你得逞"！

"其实张处长说得不错，徐长江真的只是和胡翠萍'玩玩'。"

徐长江当年就是走"夫人路线"上位的，他出身河南农村，家中穷困潦倒，兄弟姐妹四人只有他读过书。徐长江大学毕业后分到总公司当办事员，因为"脑袋聪明""会办事"受到领导青睐，先是当了领导秘书，后来又从领导秘书变成了领导女婿。

老丈人是他的靠山，徐长江根本得罪不起。尽管后来他的确和胡翠萍一直在一起，胡翠萍甚至还为他怀过孩子，但直到徐长江落马，胡翠萍都没能当上"厂长夫人"。

虽然徐长江没像当年张处长那样，公然和胡翠萍出双入对，但自此之后，无论他去外地"出差"还是"疗养"，随行人员里永远不会少了胡翠萍的名字。

"厂里没人说什么吗？"我问杨科长。

杨科长说，当年徐长江在厂里"官威"很大，无人敢惹。虽然只是"常务副厂长"，但靠着自己丈人家的背景，根本不把厂长和书记放在眼里。

他和胡翠萍两人的事情厂里人尽皆知，但谁也不敢乱说。毕竟，连憋了一肚子火气的张处长也只能忍气吞声，做个"缩头乌龟"。

只是，大概因为市里过问过厂政工科提拔干部的事情，徐长江有所忌惮，才一直没有正式将胡翠萍安排到科长的位置上，但厂里都知道胡翠萍和徐长江的关系，她在政工科，就是一个"不挂名的科长"。

除此以外，每年的评优选模，也总少不了胡翠萍的名字，"指标房"之类的优惠，胡翠萍更是信手拈来。

"那几年她家也算是风光过了,逢年过节别人送给徐厂长的东西,转头就能在胡翠萍家看到,厂里有部顶配的奥迪 A6,原是配给接待办用的,后来几乎成了胡翠萍的私家车,经常有人看到胡翠萍开着去逛超市……"

"那她为什么现在会恨徐长江,还要'举报'他呢?"我接着问杨科长。杨科长哼了一声,说:"还能为啥?自恃聪明的人被更聪明的人给玩了呗!"

6

按照胡翠萍之前的"办事风格",她搭上徐长江总是要获得点什么的。但事实上,从 2008 年胡翠萍与徐长江的关系曝光,至 2012 年徐长江落马,胡翠萍与徐长江做了四年"地下夫妻",明面上风光无限,实际上却啥"实惠"都没捞着。

"政工科科长这事儿就不提了,那几年厂里效益好,胡翠萍曾想把自己的哥哥姐姐都安排进来,她找到继任的人事处处长,处长以为是徐厂长的意思,费了好大的劲,还弄了一个么斯'人才引进',你说那不是笑话吗?事情马上就要办好了,徐长江一句'影响不好'就给否了。"

"2009 年,厂里有几项外包业务和原来的承包商合同到期,胡翠萍眼红利润,想让自己家人办个公司承包下来,又被徐长江否了,说要公开招投标,结果直到徐长江落马牵扯出来,大家才知道当时'招标'来的承包商是徐长江的妻弟……"

"既然这样,胡翠萍干吗还当徐长江的'地下情人'?她图什么啊?"

杨科长又笑笑:"这徐长江鸡贼得很哪!"

一方面,他在厂里凡事都给胡翠萍撑腰,厂里上上下下没人敢惹他这位"小媳妇"。曾经有位不怕事的中层干部,因为工作上的事情批评过胡翠萍,结果没过几天就被徐长江找茬儿"处分"了。

另一方面,徐长江还放了300多万在胡翠萍那儿,说这些钱都是"保证金"——如果以后不能和胡翠萍结婚,钱都是她的。

然而,2012年徐长江案发,那300万查实,全是贿款。检察院先是委托厂里找胡翠萍要钱,胡翠萍还不知情,硬说钱是自己的。

"她一个月工资5000多块,上哪儿弄300多万的来源证明?徐长江开始也不承认那笔钱,后来又说是胡翠萍私自替他收的,想把锅甩给她。"

检察院当然不信,亲自找胡翠萍,出示了那笔钱的真实来源,还告诉她不交出来,就以"掩饰、隐瞒犯罪所得"与徐长江并处。银行卡的确在胡翠萍手里,检察院带胡翠萍去银行查,她才发现那笔钱自己根本动不了。

那张卡的户主名叫"高虎",是徐长江从网上买来的"黑卡",胡翠萍虽然有卡密,但徐长江设置了取款短信验证,验证码也在自己手机上。换言之，未经徐长江同意，胡翠萍一分钱也取不出来。

一向镇定的胡翠萍，那次是真被气得进了医院。

7

徐长江在胡翠萍身上花了多少钱，杨科长说自己也不知道，但后来厂里人推测，很可能一分钱都没有花。因为徐长江和胡翠萍做"地下夫妻"的那几年，所有"便利"和"优惠"都是徐长江挪用厂里资源给她的。

而且案发后，胡翠萍的父亲老胡还主动拿了十几万出来，说是"弥补厂里的损失"，其意只在于帮女儿摆脱或减轻罪行，毕竟全厂都知道，那四年胡翠萍和徐长江是"地下夫妻"，难免被检察院查到头上。

好在后来，胡翠萍也对徐长江等人进行了举报，提供了一些监察机关尚未掌握的线索，这才得以幸免。

"说起来她也称得上'可怜'，白跟了徐长江四年，末了啥啥没捞着不说，还把自己给毁了。"杨科长又感叹道。

"后来呢？"

"后来，听说她又回去找那个张处长，张处长自然不待见她，也要跟她离婚。要不是胡翠萍疯了，这婚估计也就离成了。"

"她是怎么疯的？"

"徐长江被双规后，法院虽然没判胡翠萍，但厂里还是要处理她，上级曾经派人找她谈话，意思是让她自己辞职算了，但她不肯。"

于是，厂里便把她从政工科"主持工作"一撸到底，又重新成了个仓库保管员。没了保护伞，以前看她不顺眼或和她有"梁子"的人纷纷上门找茬。张处长的前妻，那个曾经把胡翠萍按在地上打、后来又被胡翠萍取而代之的胖女人，多次到仓库里"收拾"胡翠萍，一次杨科长带保卫处干事去拉架，还挨了胖女人几巴掌。

"怎么说呢，以前胡翠萍是个很有心机的人，从韩主任到张处长，多少人明里暗里骂她，她都不当回事。但徐长江这事儿估计对她刺激太大，大概是'信仰'垮了，感觉以后再没希望了吧……"杨科长说。

胡翠萍重新回到了起点，不久之后精神就有些不正常了，先是没事自言自语，后来还有几次，非要跑到政工科说要"主持工作"，再后来就在厂里喊打喊杀。厂里没办法，只好给她放了长期病假。

再往后，就是我们见到的样子了。

杨科长的讲述令我唏嘘不已，但我始终还抱有一丝怀疑：胡翠萍会不会是因举报徐长江团伙遭到报复，从而导致精神失常的？

2014年年中,我在一次家访时试探过老胡,他给我讲述的胡翠萍之前的经历,基本和杨科长所说的差不多,只是因为立场不同,对一些事情的解读不同罢了。

老胡否认了有人对女儿实施过报复,只是愤然怒斥徐长江是个"浑蛋"。

老胡说,女儿当年真的是抱着嫁给徐长江的心思。徐长江也曾不止一次说过,自己爱的是胡翠萍,只是眼前还得靠丈人的关系调回总公司升职。

徐长江承诺,只要自己"调回总公司",一定会跟妻子离婚,然后把胡翠萍带走。"她就是信了他的话,才搞成了现在这个样子!"

老胡一直说女儿是被"骗了",从姓韩的、姓张的到姓徐的,一个个都是看女儿年轻漂亮又没有"背景",欺骗女儿的感情。

我实在没忍住,说了句:"无论姓韩的还是姓张的,都曾正儿八经做过你的女婿……"

话虽没点破,但双方都明白什么意思,老胡看了看我,有些恼火地说:"你都知道了,还问我做什么!"

之后他便拒绝再跟我谈起这件事。

儿子不能走我的老路

1

2013年7月的一个下午,派出所接到报警电话,一位自称叫王磊的年轻人称,自己正在被两车人追杀。民警出警后找了半天,并没发现"追杀"他的两车人,反倒觉得王磊的精神状态有些不正常。

经验丰富的同事立即将王磊带回派出所尿检,果然,甲基安非他命试板呈阳性反应。经审讯,王磊承认自己中午刚刚吸食了麻果。

按程序规定,王磊被判拘留十天。在移送拘留所之前,同事拿着《治安处罚家属告知单》问王磊,要不要通知家属,王磊说不要。

从警综平台的人口信息记录来看,王磊不过二十出头,按照法律规定已属成年人，本不需强制通知亲属。但本着"治病救人"的目的，我觉得他年纪轻轻、又是第一次被抓，也许还有得救，决定还是通知一下他父母。

按照王磊手机通讯录里"爸爸"的号码打过去，没多久，王磊的父亲就火急火燎地赶到了派出所。一见此人，民警们都大跌眼镜——他是我们的"老熟人"，也是一名记录在案的吸毒人员，王占林。

这个王占林，单是我一个人就抓过他不下五回，他还曾被送去强制戒毒一次，在场的老民警里有好几位都是从年轻时就开始跟他打交道了。

一见是王占林，一位民警略带轻蔑地说："你这啊，就是'白粉爸爸麻果儿'，不是一家人不进一家门儿啊！"

王占林并没有生气，只装作没听到那位民警的话，一个劲儿问我王磊目前是什么情况。

毕竟这次是以嫌疑人亲属的身份把他叫来派出所的，我耐着性子把王磊涉毒的事情大致讲给了他。听完我的讲述，王占林提出要见一下儿子。我把他带进讯问室，王磊抬头一看父亲来了，就冲我大声嚷嚷："不是说了不通知家属吗！"

王占林冲上去就给了儿子狠狠一记耳光，还要再扇第二下时，我急忙把他拉住，告诉他讯问室不是父亲教育儿子的地方。

王占林看起来气得不轻，浑身抖着，用手指着王磊的鼻子骂："你个不要脸的东西，老子辛辛苦苦把你养大送你上学，你他娘的别的不学，学吸麻果！"

之后，王占林又说了好多教训的话，听着倒有些耳熟，仔细一想，竟是以前他被抓时，我们派出所民警教育他的话。

王磊则一副死猪不怕开水烫的表情，嘴里喃喃地说着："你个'老毒么子'还好意思说我？"听闻此言，王占林虽被我强拽着，还是奋力挣扎着想上前继续收拾儿子，我急忙把他带出了讯问室。

我请同事尽快让王占林在家属告知单上签字，然后抓紧时间把王磊送去了拘留所。

等我们在拘留所办完王磊入监的手续准备离开时，竟又在拘留所门口遇到了王占林。我们本以为他是追儿子追到了拘留所，但仔细一打量，却发现他手上竟也戴着手铐。

我正在诧异，送王占林来的同事告诉我，处理完王磊的事情后，他们顺便对王占林也做了一次例行尿检，结果他的检测结果也呈阳性。一审才知，王占林几天前也吸了毒。

我看了王占林一眼，不知该说什么好，他的脸上也有些尴尬，没主动开口，随即便被同行民警带进了拘留所。

在返回派出所的路上，同事有些戏谑地说："不知这对父子在拘留所里见面，会是个什么场景。"

2

王占林，时年51岁，两劳释放人员，无业。

他算得上是本地较早一批染上毒品的人员。1989年，27岁的王占林因涉嫌故意伤害被判入狱七年，1996年刑满出狱后不久，就在前狱友的怂恿下染上了毒瘾，先是注射海洛因，后来吸食冰毒、麻果、K粉，其间还涉嫌一些盗窃、诈骗案件，他在公安机关的违法档案，摞起来比我都高。

不久之前，我还从辖区一家网吧厕所里把"溜完冰"的王占林拎回过派出所一次，可他竟然在讯问室里跟我熬了整整20个小时都不去做尿检，最后我实在没办法，把他拖到医院强行抽了血才算完事。

"他家也算'后继有人'了，真没想到，那玩意儿竟然还遗传！"同事也无可奈何地说。

一周后的一天，我突然接到了一个陌生电话，接通后对方开口就说，自己是王占林，有点事情想和我见面聊聊。

我有些吃惊——王占林属于那种"不太老实"的吸毒人员，这些年，他受公安机关打击的次数太多，对抗警察的经验很是丰富，每次他的案子都会搞得民警们心力交瘁。在片区里的吸毒人员中，王占林是出了名的难抓，经常几个月不见踪影。一直以来，都是我们主动找王占林，抓他时，没有一次不和我们玩猫鼠游戏的，没想到这次他竟主动给我打电话说要见面，不知葫芦里卖的什么药。

我说："你直接来派出所找我就行。"

王占林不同意，说一来派出所肯定就"走不了"了，他强调，这次他确实有重要的事情找我，而且"不能再被拘留了"。

我向领导做了汇报，领导也很意外，考虑了一番，同意我去跟王占林见面，但为了安全起见，还安排了另外两名同事着便装在外围照应，情况不对马上增援。

又一次让所有人没想到的是，王占林约我见面的地方，竟然是辖区内的一家大排档，而且，他竟要请我吃饭。

见了面，王占林一脸抱歉地说，自己没什么钱，没法请我吃别的，请我千万不要嫌弃。

他这么一搞，我更是丈二和尚摸不着头脑，便说："你有事说事，坐会儿可以，请吃饭就免了。"

王占林点了一桌子菜，还让店家拿了两瓶"歪脖郎"酒，大排档的酒菜虽然便宜，但这一桌子怎么也得两百多块，我不知道他究竟要干什么，只抽了两支烟，喝了半杯酒，几乎没动筷子。

在我的不断追问下，王占林扭扭捏捏，终于说出了此次请我吃饭的目的："警官，你别误会，我就是想请你帮一下王磊，他不是个坏孩子，现在还有得救。"

没想到，一个多年和警察"斗智斗勇"的"老毒么子"，竟是为了这件事找我。我不知道他想让我如何"帮"他儿子，眼下王磊十天的拘留期未满，难道让我去拘留所把王磊提前放了？

王占林说当然不是，他是想让我给王磊办"强戒"。

按照程序，王磊是初犯，刑满后应该实行社区戒毒，再次吸毒被抓才会被送去"强戒"，此前被送去很多次"强戒"的王占林，不会不知道这个程序。我问他为什么要送儿子去，他说，社区戒毒没效果，"一定要让儿子'强戒'"。

吸毒的父亲请警察吃饭，要求送吸毒的儿子去"强戒"，我不仅是头一次遇到，甚至听都没听说过。

既然是这种事情，我也没必要再考虑什么安全问题，于是就把外围照应的两个同事也叫进了大排档，大家一同坐下来，商量看有没有可行性。

第二天，我们按照王占林的要求，向上级提出了对王磊进行"强戒"的申请，但并没有得到批准，王磊最终还是被判定为执行社区戒毒。

王占林知道结果后十分生气，说这样会害了王磊的。可我也没什么办法，只能告诉王占林，真要关心儿子的话，自己先把毒戒了吧，然后对儿子盯得紧一点。

3

此后，王占林确实开始格外注意儿子的行踪了，好多次给我打电话，说王磊又跟哪些疑似涉毒的人员一同出去了，我出警核实过几次，也抓回来好几个人，好在并没发现王磊有再次吸毒的嫌疑。

但对于自己戒毒，王占林只说确实试过很多次，"真戒不掉"。

"再戒不掉，到最后就是个死啊！"我叹了口气。

"说句不该说的，警官，那东西我搞了十几年，能戒早戒了。到如今，我戒不掉，也不想戒了，你看，我现在甲肝乙肝丙肝'三位一体'，还有梅毒糖尿病，心脏也不好，说不定哪天就死了，还戒它干吗？"王占林也叹了口气。

"都是吸毒之后得的？"我接着问。

王占林苦笑着点点头："那还有假？当年玩海洛因，七八个人共用一个针管，染不上病才怪！"

"你从本心里试过戒掉吗？"我问。"一日吸毒终生戒毒"这句口号不是说着玩儿的，自己本心不想戒，外界力量再强也没有用。

王占林说，他在没得那么多病之前，曾有好多次下决心一定要戒毒。当时他父亲还活着，王占林就让父亲把他绑在家中卧室的暖气管道上，无论之后发生什么事都不能把他放开。那次，王占林被父亲绑了九天十夜，其间毒瘾发作了很多次，都被他扛过去了。后来当父亲开门把他放出来的时候，他整个人都虚脱了，站都站不起来。

"后来还是失败了？"

"是的，当时戒了两个月，以为自己真的戒了，有次朋友聚会，喝了不少酒，一个以前的毒友说，'没有瘾才是真戒了'，又让我吸了一次，我跟他打赌自己肯定没有瘾了，就仗着酒劲吸了一口，就那一口，唉……"

后来，那个引诱他复吸的毒友死于海洛因注射过量，王占林说，等他们去到那人的家里时，看见他的尸体像麻花一样扭曲在出租屋的地板上，身上沾满了排泄物，恶心得王占林几天没吃下饭去。

但毒品，他终究还是没能戒掉。"我就后悔，当年我第一次搞毒被抓，公安局就要送我去'强戒'，我吞了鞋钉没去成，如果那次我去了，很可能那时就真的戒了！现在，唉……"

王占林的话没说完，我知道，他想说，现在即便他想去"强戒"，戒毒所也不要他了——他一身的病，戒毒所也担心他哪天毒瘾犯了横死在里面，所以后来一直拒收，让他先去治病。

聊到最后，王占林依旧对没能送儿子去"强戒"的事耿耿于怀。我劝他别想太多，平时看好儿子，不去"强戒"也一样能戒掉。

王占林苦笑一声："难啊！"

4

谁都不希望看到的事情，还是发生了：2013年年底，王磊再次因吸毒被抓。

那天警方突查辖区一家 KTV 时，把在包厢里抱着自制吸壶吸食麻果的王磊抓了个正着。和他一同被抓的，还有之前被王占林举报过的几个毒友。

王磊虽对自己吸食毒品的违法行为供认不讳，可对于毒品的来源却缄口不言。我们对此都感到可恨又可悲——"道友"圈里有个不成文的规矩，谁供出毒源，以后所有毒贩都不会再卖给他毒品。换句话说，一个吸毒的人若死活不供出毒源，也就意味着他根本没想真正戒毒。

得到消息的王占林暴跳如雷，他说他一直没放松对儿子的监控，可没想到王磊还是又吸上了。我说这次王磊够得上去"强戒"了，到时你作为家属签个字吧。

王占林漠然地点点头，脸色很难看。

王磊因吸毒被公安机关处理之后，王占林曾不止一次地对我说，王磊不是个坏孩子，现在只不过"年轻走了些弯路"，"现在救的话，是能救过来的"。

"你别看我是这个样子，但磊子随他妈，和我不一样……"王占林告诉我，王磊的母亲是大学生，有文化，王磊从小学习成绩就好，中学时还代表学校参加过奥数比赛。"服刑之后，老婆就和我离了婚，磊子最初是判给他妈的，等我出狱的时候，他妈已经改嫁了，继父不待见他，我就把他接到身边来了……"

王磊初中读的还是重点学校，那时王占林也不像现在这么潦倒，在儿子身上也舍得花钱。王占林从没在生活上亏待过王磊，别人家孩子有的东西，他都会尽量满足儿子。

"这几年，我毒瘾越来越大，身体也逐渐不行了，才忽略了管教……"王占林叹气。

王磊读了一年大学就退学不读了，因为长得一表人才，他很快就在本地一家娱乐场所找到了工作，可能是耳濡目染了别人的吸毒行为，所以跟着学会了。

"我是你们口中的'老毒么子'，我自己是没救了，但我也知道，刚开始吸毒还能戒，越往后越难，你们警察有办法，所以求你帮他一下……"王占林的话题又绕了回来。

我暗自叹息：是啊，我们有办法，但我们当年在你身上用尽了办法，不也没能让你戒毒吗？

最终，这次王磊因吸食毒品严重成瘾，被判"强戒"两年。

2015年5月，王磊因戒毒成功，且在监所内表现良好，提前结束"强戒"回了家。

我抽空专门去见了王磊一面，告诫他：既然戒了，就不要再沾了，赶紧找个工作，过正常人的日子。

王磊不住地点头，说自己找了份送快递的工作，每天都有事做，绝对不再碰毒品了。

"以前的那些狐朋狗友也别再联系了，不然他们还会拉你下水。"

王磊继续点头道:"不联系不联系,电话号码都删了。"

此后,我的确常在路边看到骑着电动车驮着快递包裹的王磊,虽然工作辛苦,但他还是比吸毒被抓时胖了不少,皮肤也晒得黑黢黢的,看起来很健康。

王占林依旧在吸毒,我像以前一样,不断从日租房、网吧厕所、公共卫生间甚至垃圾站的犄角旮旯里把他揪出来送去拘留。但对于让他戒毒的事,我和我的同事们都不抱希望了。我和王占林之间也没再谈过关于戒毒的问题。他吸毒我抓人,是死是活,是他自己的事情。

至少在2015年10月之前,一直是这个样子。

5

2015年10月,王磊第三次因吸毒被抓。当初我一语成谶,他真的又被以前的毒友拉下了水。

"不是说了不再联系吗?怎么又和他们裹到一起了?"我语气平淡。按照此前多少人的经验,两次被抓、一次"强戒"依旧戒不了毒的,这人的结局基本也就定型了。

"咱这儿就这么大,抬头不见低头见的,都是朋友,人家找上门来,我也不好一概不见,结果聊着聊着,就又裹在一起了……"王磊低着头说。

我懒得再跟他说什么,只是按照程序要求,一步一步处理他的事情。

"我们以为他戒了,也没想着找他吸毒,就是一块玩的时候自己瘾上来了想搞一口,磊子说自己也试一下看是不是真没瘾了,结果……"王磊的毒友这样说。

这几乎就是王占林给我讲述的他当年戒毒失败故事的翻版,我不予置评,把原话转述给了王占林听。

"都他妈的放屁!"王占林说,他吸了十几年毒,见过的"道友"比见过的正常人还多,"磊子是他们这群人中唯一有工作、有收入的人,把磊子拉下水,这帮人才能搞到毒资!"

"那帮人为了能搞点钱'买货',什么事儿都干得出来!我当初就是被那帮朋友害的,没想到一代传一代,现在又来害我儿子!"王占林几乎气得跳脚。

"警官,再帮他一次吧,求你了!"

我反问他:"怎么帮?'强戒'也送过了,没有用啊。"

王占林沉默了。半晌,他抬起头,问我,卖给王磊毒品的人抓住没有?

我说,你儿子这帮人谁都不说,原因是什么,你自己心里想必也清楚。

王占林再度沉默,我把他撂在原地,转身继续去处理他儿子一干人等的事情了。

两天后的一个夜里,王占林又给我打电话,还是那句话,请我再帮王磊一次。我有些不耐烦，问他怎么帮？他好像下了很大决心，沉默了片刻对我说："卖毒品的人，我来查。"

听他这么说，我几乎从备勤室的床上弹了起来——王占林是本地"道友"圈里的"鼻祖"，他认识的毒贩可不止十个八个，如果他肯转头给警方做事，本地的毒圈几乎可以被连根拔起。以前我们不是没动过这方面的心思，但王占林从不配合，不是闭口不言，就是乱指一气，我们用尽了办法也不成功，只好再寻他人。

"但我有个要求，警官。"

"只要不违反法律，你有什么要求尽管提，要钱？要政策？我尽一切努力去帮你争取。"

"钱？政策？这些对我来说还有什么用？我什么都不要，完事之后，让王磊离开本地，再帮他找份工作。"

这个要求不过分，我答应了他。

6

2015年10月17日的凌晨，我和同事在办公室里等来了王占林。三个小时里，他向我们完整提供了他所知道的整个地区数条毒品供应线，从源头到"零售商"一应俱全，一些吸贩毒人员隐秘藏身之处，也被他悉数曝出。

我们立即上报市局经侦禁毒支队，支队在研判和试探之后，确定其中绝大多数情报真实可靠，随即召集警力成立专班进行处置，同时联系周边县市兄弟单位配合。专班七个小组分头行动，至10月25日凌晨时分，除需要继续经营的线索外，其他线索全部落地，大量涉毒人员被抓获归案。

王占林在案件的侦办过程中也立下了大功，他不但提供了线索，还打电话找那些他曾打过交道的吸贩毒人员打探消息，有时甚至直接带我们前往现场抓捕。

开始时我很高兴，以为他为警方做事尽心尽力，合作的态度极好，但越往后越觉得不对劲：一些明显需要他回避甚至隐瞒身份的时候，他都坚持要露面，民警出于保护举报人安全的考虑，要求他不要暴露身份，他却只是笑着说："你们以前不是一直问我谁在搞毒吗，怎么现在又让我低调？"

有其他"特情"找到我问："王占林疯了吗？"

我问怎么了，他们说，王占林不但对外宣称是他举报了那些涉毒人员，还大肆宣扬自己是王磊的父亲，以后谁让王磊沾毒，他就跟谁玩命。"以后别说卖给王磊毒品，那帮'道友'从监狱出来，不报复他父子俩才怪！"

我越想越不对，拉着王占林劝他："你也注意自己的安全啊，毒品案件警方有系统的规划，你这样在外大张旗鼓宣扬自己给警察当'特情'，不是平白无故给自己惹麻烦吗？"

"惹麻烦？只要他们不拉着王磊吸毒，我就没麻烦！"王占林面色坚决，"我去打听了，没人承认卖给王磊毒品，但那帮人的嘴里怎么会有实话？既然没人承认，那就大家一起吧！"

我隐约明白了王占林不避嫌、不隐瞒的目的，也许他就是想通过这种不要命的方式，彻底割裂王磊与本地的"道友"们的关系。

由于已经有过一次"强戒"记录，再度复吸的王磊第二次被送去"强戒"，时间仍然是两年。

王磊被送走之后，王占林也不见了踪影。我打电话找他，他说"事搞大了"，要去外地避一下。我不知他说的是真是假，但像他这种"老毒么子"，根本离不开本地的毒友圈，跑去外地了没地方买毒品，比杀了他还难受。

我劝他尽量不要离开我的辖区，那样我还有办法为他提供必要的保护，但王占林拒绝了。只是提醒我说，别忘了当初他同意帮我办毒品案件的时候，我答应过他的事情。

我说忘不了，王磊这次"强戒"一出来，我马上兑现承诺。

7

可我没想到，在 2016 年 3 月，王占林死了。

带班出警的副所长把王占林尸体的照片发给我时，我吃了一惊：他蜷缩在 318 国道边的一个废弃房屋里，身边只有一块肮脏的草席，衣服上沾满了排泄物，面部表情扭曲痛苦。

我第一时间就想到了报复杀人，但副所长告诉我，法医鉴定报告已经出来，王占林死于注射毒品过量。

"给他提供毒品的人我们已经抓到了，是个外地的，他说王占林买了不少，说自己得罪了本地毒贩，平时买不到货，估计王占林长期没毒吸，好不容易拿到货，一次性全用了……"副所长告诉我。

"唉，他最终没能逃过死于毒品的命运……"我叹了口气。

"他就是不死于注射毒品过量，也没多久活头了，尸检的时候法医在他肝脏上发现了一个很大的肿瘤，像他这种甲乙丙肝'三位一体'的人，肝癌是难免的……"副所长说。

王占林的葬礼悄无声息。当时王磊还在接受"强戒"，不可能出来筹办；他的前妻早已改嫁他人，更不可能出面；他在本地虽有几个亲戚，但早就已经不再走动。我想着自己还欠他一个承诺，于是帮他料理了后事。

2017年年底，王磊第二次结束"强戒"回家后，我把王占林的骨灰交给了他，并把王占林之前的所作所为全都讲给了王磊听。

王磊听完很久没有说话，我问他之后如何打算，他说有朋友联系他，说本地有个工作机会，他想试试。

我一听他说"朋友"二字就头疼。我说："你爸死之前，让你从戒毒所出来马上离开本地，和你的那些'朋友'彻底决裂，你听不听？"

"不走行不行？"王磊问我。

"你看着办吧,你爸之前已经把周围所有涉毒人员得罪了个遍,你要不怕人身报复,或者还想复吸,你就留在这儿。"

王磊想了想,说:"那就走吧。"

"是男人说话算话,走了就走了,这辈子不要再回来,如果以后再让我在本地见到你,别怪到时我下手黑。"

王磊点点头,说:"行,永远不再碰毒品,永远不再回来。"

听他这么说,我拿起电话,打给在外省开酒店的亲戚,请他帮忙给王磊提供了一份工作。

尾 声

送王磊上火车之前,他问我为什么信他父亲,他说王占林这一生大半辈子都是在监狱里度过的,不蹲监狱的时候,就四处盗窃吸毒,是个"彻头彻尾的渣子"。

他还说,自己之前染上毒品,很大程度上就是跟王占林有关,如果不是他这个当爹的"上梁不正",他也不会"下梁歪"。

我说,你别这样说你父亲,没错,王占林是个"渣子",但他也是好父亲,至少在我眼中是。

十七年了，到底是谁在害我

2016 年 7 月的一个傍晚，派出所受理了一起奇怪的警情。

一位中年男子忽然在行人如织的小广场上，用随身携带的水果刀，捅了一位路人数刀，伤者随即倒地不起。中年男子并没有逃跑，而是坐在受害人身旁，将水果刀插在身后的花坛里。

民警接警到达现场后，行凶的中年男子也没做任何反抗，跟着民警乖乖钻进了警车里，伤者则被随后赶到的 120 救护车送去了医院。

中年男子叫谢江，时年 33 岁，本地人，无正当职业。伤者叫刘德，与谢江年纪相仿。

"谢江他有精神病，这是之前的鉴定书，按照法律规定，他不用承担任何责任。"随后，一行人赶到派出所，其中一位自称是谢江继父的人，向我们出示了谢江的诊断材料。

受害人躺在医院里生死未卜，嫌疑人家属倒是先想着推卸责任,同事忍不住怼了他一句:"哪条法律告诉你精神病人不负法律责任?"

谢江继父便把手机伸到我们面前,说这是网上说的。

我懒得看他的手机,只告诉他:谢江是否负刑事责任,要通过司法鉴定判断,另外,不管他负不负刑事责任,民事责任都跑不脱,"你们赶紧派人去医院,给受害者交一下医疗费,这对他以后的量刑有好处"。

谢江继父愣了一下,问我什么是民事责任。我说就是赔钱:"把人捅成这样,医药费和之后的赔偿都不是小数,你们抓紧去筹钱。"

他还想拉住我说些什么,但同事在办公室里有事喊我,我便冲他摆了摆手,说:"你提前去给谢江找个律师吧,以后用得上。"

1

根据警综平台上的记录,谢江确实是个精神病人,但他坐在派出所的讯问椅上时,神情正常。他自己也说,"那个精神病鉴定是以前的",现在他没有任何精神问题。

以往我们遇到的大多是嫌疑人坚称自己患有精神疾病、妄图借此逃避法律制裁,还从未遇到过这种明明持有精神病鉴定,还非说自己没病的例子。

谢江告诉我,他作案的动机很简单:刘德是他的高中同学,读书时欺负过他。

我问他:"高中时的事你到现在还记恨人家?"

谢江点头,说之前找不到刘德,"不然早就报仇了"。

我又问谢江扎了对方几刀,他想都没想就脱口而出:"三刀!"

从他脸上,我看不到犯罪嫌疑人通常会有的惶恐、紧张和焦虑,说出"三刀"二字时,竟然还露出一丝兴奋。

我开始怀疑谢江现在的精神状态了,请示领导,领导建议我先和他聊聊,确定精神状态正常再继续做笔录。于是我离开电脑桌,搬了把椅子坐在谢江身旁,让他详细讲讲"报什么仇"。

按照谢江的说法,事情发生在1999年。那年谢江16岁,刘德17岁,同在本市某高中读高二。

谢江说,他那时只是理科班的一名普通学生,和刘德的生活原本没什么交集——刘德是学校的"名人",高二年级的"扛把子"。当时,高中每个年级都有一个"扛把子",而想成为"扛把子",必须"打架狠,兄弟多,还要不怕事"。

刘德完全满足这三个条件:

高一时,他原在省城一所学校就读,因在课堂上和老师互殴被开除,家里找了关系才把他转到了这所中学。

连老师都敢打,同学自然不在话下。转学过来没多久,刘德的身边就聚集了几个本校的学生,都是好勇斗狠的角色。不仅如此,他在校外的"交际面"也很广,他的表哥是本市叫得上名的混子之一，经常来学校找他，时不时还会带人帮他"收拾"一些敢于挑战他"权威"的同学。

至于"不怕事"，刘德更是名副其实，刚转学来，他就因在校内打架被处理了，据说当时政教处副主任在办公室打了他一拳，他便立刻对副主任叫嚣，说要"办了"副主任。三天后，当升旗仪式结束时，一向严厉的政教处副主任竟当着全校学生的面宣读了自己的"检查"，自我批评"教育方式不当，体罚学生"，当众向刘德认错——那天之后，政教处副主任就辞职了。

师生们开始盛传，刘德的父亲是省里的大官，家中其他亲戚也多在本市当领导。虽然学校后来出面辟谣，称政教处副主任辞职纯属个人原因，但从此之后，即便刘德依旧在学校耀武扬威，也很少再传出他受到处分的消息了。

那时，谢江经常在放学后看到刘德和一群"兄弟"在学校门口的小卖店"聚会"，有时也会听说某位同学因为得罪了刘德在放学后被"收拾"了——所谓"得罪"，可能仅仅是与刘德相遇时的一个"不够尊重"的眼神，或是传到刘德一伙耳中的莫须有的一句"坏话"。

谢江家境普通，生父早逝，母亲在商场做售货员，继父开出租车。因为家离学校很远，他每天中午都会在校外小吃街买饭，有时会与在此"聚会"的刘德一伙人相遇。谢江说，他一直很小心，生怕自己哪个动作或眼神被刘德一伙误会，给自己带来一场无妄之灾。

可惜，谢江还是惹到了刘德。

2

谢江记得很清楚，1999年3月的一天中午，他照例去小吃街买午饭。出了教学楼，谢江遇到了一位学校领导。领导以前是谢江的化学老师，两人便一起同行了一段路，领导还问了谢江几句关于学习的事情。

出校门后，两人便分开了。谢江拐向了校门左边的马路，而校领导则径直向校门外的两辆面包车走去。这本是一件平淡无奇的事情，当时谢江正琢磨着自己中午要买些什么吃，并没有在意校领导之后的动作。

然而，等到饭后午休时，谢江便感觉到了些许异样：先是不断有学生来到他们班的教室门口四处张望，最后把恶狠狠的目光落到他的身上；之后他去教学楼外的厕所时，又被人无故推搡。

终于，下午上课前，谢江的同桌悄悄告诉他："你惹到'扛把子'了，赶紧想办法吧！"

谢江当时被吓了一跳，他想不出自己究竟哪里惹到了刘德，央求同桌帮他打听一下。同桌说，你中午向学校领导举报刘德的事情已经被他知道了，刘德放了话，要"废了"你。

摸不着头脑的谢江四处打听了好久，才打听清楚刘德要"废了"他的原因——那天中午，刘德本来是邀约了他表哥一起，要去隔壁职校"收拾"一名与自己在网吧里发生冲突的学生。那两辆面包车里坐着的，就是他表哥叫来的社会人员和几个刘德的"小弟"。这伙人本来正在车上一边等人一边商量着如何对那名职校学生下手，不料，学校领导却突然出现，没多久，连警察都来了，把他们全部带去了派出所。

警察发现刘德表哥叫来的"社会人"中竟有一名在逃人员，当即将其收监，刘德表哥也被留下"协助调查"，其他人因为行为暂时够不上违法犯罪，被教育一番后放出了派出所。

离开派出所后，刘德越想越气，认为肯定是被人"点了"，不然怎么会被学校领导发现？刘德四下查找告密者，有同学便跟他说，中午午休时看到那位校领导在出校门之前一直和谢江同行，两人聊了一路，然后一出校门，谢江便"躲"去了左边那条马路。

"刘德信了？"我问谢江。

谢江点点头，说跟刘德说这话的同学，是刘德的一个"铁杆"，刘德一伙在被校领导和警察堵住前，就是在车上等这家伙，他和校领导同行时，这个同学就走在自己后面。这家伙信誓旦旦地告诉刘德，自己亲耳听到谢江跟校领导的对话中有"刘德""打架"等词汇。

那天中午午休时来谢江班里四处张望的陌生学生，全是刘德派来核实谢江身份的，他们不但知道了谢江的姓名、班级，连他父母的情况、家庭住址都打听得一清二楚。后来，传说连刘德表哥也一度放话出来，要让谢江"读不下去"，因为他害自己的"兄弟"被警察抓了。

3

"你向学校和家长求助过吗？"我问谢江。

"求助过……"谢江虽然承认了，但脸上却满是愤怒。

他想先托同桌去跟刘德说情，说明这只是一场误会，自己并没有举报他。同桌去了，但回来之后告诉谢江，刘德说他并没有说过是谢江举报了自己，谢江这是"不打自招"。

两节课后，谢江实在忍不住，自己去找了刘德，想要向他解释，但刘德压根儿不理他。刘德身边两个五大三粗的同学，直接把谢江推出教室外，还恶狠狠地威胁谢江说，刘德已经"安排"好了，"今天晚上放学后别跑"。他们还威吓谢江，说他在这所中学"待不下去了"，让他赶紧回家找一所能转学的学校，"最好是外地的"，免得刘德表哥带人去"办他"。

谢江吓得惊慌失措，犹豫了很久，决定向学校老师求助。

他先把当天中午的遭遇和同桌的话原原本本地讲给了班主任，班主任带他去了中午那位校领导的办公室。那天下午校领导很忙，手里一直处理着月底迎接上级教学管理评估的事，他一边整理材料一边听谢江讲述，中途还接打了几个电话。

听谢江讲完，校领导把谢江同桌叫来问话。不料同桌当场矢口否认自己听说过刘德要报复谢江。这让谢江十分愤怒，但在班主任和校领导面前又有口难辩。

后来，谢江质问同桌，为什么在校领导和班主任面前撒谎？同桌不满地对谢江说："你是因为'举报'得罪了'扛把子'，现在又让我去校领导那里'举报'他，这不明摆着要拉我下水吗？"

转头来，同桌生怕自己被谢江拉去校领导办公室的事被刘德一伙"误会"，又跑去跟刘德一伙报告说，谢江又一次在校领导办公室"举报"了他们。

那天下午，因为没有从谢江同桌嘴里得到刘德计划报复谢江的"证词"，校领导大概认为谢江是在故意夸大事实，便提醒谢江说："注意团结同学，要相信学校，要以学习为主，不要想东想西。"

情急之下，谢江直接对校领导说，刘德一伙是学校的"黑社会"，在校拉帮结派欺凌同学。没想到这话竟然激怒了校领导，他批评谢江："不要听风就是雨，学校里都是同学，哪有什么'黑社会'！"校领导还告诫谢江，学校马上要迎接市里的评估，作为实验班的学生，这个关口说话应当"注意影响，不要给学校抹黑"。

之后，谢江便被校领导打发出了办公室。

"你班主任呢？她也不信你？"我接着问谢江。

谢江说，班主任倒是没说不信，但也只是跟他说："既然校领导都这么说了,你就放心上课吧。学校会保护你的,如果还是担心被打,可以通知自己父母放学之后过来接一下。"

谢江也想让父母来接自己放学,但不知该怎么开口——母亲每天晚上9点钟下班,工作地点离中学很远;同母异父的弟弟是下午5点钟放学,开夜班出租车的继父一般都是将出租车交接班的地点定在弟弟学校附近,这样每天接班后的第一趟"活儿"就是接弟弟回家。

继父虽然也曾跟谢江说放学后可以给他打电话来接,但谢江晚上放学的时间是8点半,正是出租车"活儿好"的时候。他以前也给继父打过电话来接自己,继父人虽然来了,但脸色明显不好看。

那天下午,谢江思来想去,决定还是打电话给继父。电话接通之后,谢江问继父晚上有没有空来接他。继父说,晚上有个去机场送机的"大活儿",下午6点就要出发。

谢江知道这种"大活儿"继父平时很少接到,犹豫了一番,就没有把被刘德一伙威胁的事情讲给继父。

4

放学后,谢江一直在学校里待到几乎没有人影了,才战战兢兢地走到校门口,探查有没有人在外面"等"自己,确认没有看到刘德一伙后,他才走出校门。但不承想,他刚刚走到小卖店门口,刘德一伙就从小卖店里冲了出来,几个上半身穿校服、下半身穿"闪光裤"的学生,一脸坏笑地拦住了谢江。

谢江吓了一跳——这几个人都是平时和刘德关系密切的学生,他经常见他们聚在一起。谢江转头就往学校跑去,但被他们拦住了。

"周围人有没有出来制止?"我问谢江。

他摇摇头,说那时小卖店门口只有零星的几个同学,但可能都知道刘德的"势力",不敢帮他。他曾向另外两个人求助过,一个是小卖店老板,人就站在小卖店门外,面对谢江的求助,非但无动于衷,还报以微笑;另外一个是学校保安,一个60多岁的老头,在被刘德一伙追逐时,谢江曾反身跑向校门求助,但老头却在他面前关上了校门,隔着栅栏对谢江说,放学了,学校下班了,要闹出去闹,不要影响他休息。

最后,谢江被几个同学抓住,拉扯进了校门外的一个小胡同里——刘德和他表哥就等在那里。

谢江说,被拉进小胡同的那一刻,他就感觉自己"完了"。

刘德让谢江跪下,谢江跪下了;刘德和另外几个学生便上前轮番抽谢江耳光,谢江不敢反抗;刘德表哥说手打耳光不够狠,脱下自己的皮鞋,用鞋跟狠狠抽打谢江的脸,一鞋跟下去,谢江的脸肿了。

殴打足足持续了20分钟,直到谢江趴在地上、满脸是血,七八个人才停手。最后,他们剥光了谢江的衣服,把衣服和书包一起抛到小胡同两侧的平房上面，说是给谢江一个"教训"，便骂骂咧咧地离开了。

那晚谢江在地上趴了半个多小时，最后是被一个路过的行人救起来的。那人看见当时谢江的惨状，帮谢江把衣服和书包从房顶上取下后，果断报了警。

"你当时伤得重吗？"我问谢江。

"后来去了医院检查，发现门牙断了一颗，槽牙断了一颗，鼻子破了，右耳耳膜穿孔，身上被打得多处瘀血……"

我心中算着伤情，想一群平均年龄十六七岁的孩子，对自己的同学下手竟然如此狠毒："警察当时怎么处理的？"

"当时事情闹得蛮大……"谢江说，警察初步了解情况后，一面通知了谢江的父母，一面出警四处寻找刘德一伙，当天夜里，就把参与殴打谢江的人全部带到了派出所，不少人的父母也陪同而来。

看到儿子被打成那样，谢江的母亲既心疼又愤怒，她要求主办民警一定要严惩施暴者。那位警官当时也承诺，谢江的伤情已构成轻伤，警方一定会给谢江讨个公道。

参与殴打谢江的人中，除刘德外还有三名同校学生，因此派出所也通知学校方面来人处置。当晚，谢江在派出所见到了自己的班主任和另外一名学校领导。班主任见到谢江的母亲时，似乎有些不好意思，匆匆打了个招呼，便跟随警察进了办公室。不久之后，谢江母亲也被喊去了办公室，只留下谢江一个人坐在派出所值班大厅的沙发上。

在谢江的记忆中，那晚过得漫长又混乱。派出所值班大厅里不断有人来往走动，其中不乏在小胡同里殴打他的学生及其家长：有人走到他跟前来表示歉意，问他"还疼不疼"；有人只是瞥他一眼，一句话也不说；还有人就像没看到他一样，径直从他身边走过。

但那晚谢江很安心，他觉得派出所出面了，校领导来了，那些打他的人也都被抓进了派出所，自己之后就可以继续安心读书了。渐渐地，困意袭来，他便躺在值班大厅的沙发上睡着了。

被一夜未眠的母亲叫醒时，已是第二天早上六点了。谢江迷迷糊糊地站起来，跟母亲一起来到了主办民警的办公室，坐到办公桌旁，面前摆着一份《调解协议书》。

谢江的班主任老师和校领导也在，他们再次向谢江表达了歉意，还向他保证，等回校之后一定开除那几个殴打他的同学。谢江母亲补充说："不是严惩，而是必须开除！"校领导斩钉截铁地说："你放心，学校马上开会研究，一定给你一个满意的结果！"

谢江坐在那里看《调解协议书》，上面写着："刘德等八人向谢江赔礼道歉并赔偿谢江医药费、营养费共计2.5万元，并保证今后不再骚扰谢江，双方今后也不再因此事发生纠纷……"落款处，密密麻麻的，全是殴打他的学生以及他们家长的签名和手印。

在警察和老师的催促中，谢江与母亲也在《调解协议书》上签下了自己的名字并按上了手印。

"就这么结束了？"我问谢江。

谢江无奈地"嗯"了一声。他说，当时16岁的他并不能完全明白那份《调解协议书》意味着什么，但他依旧觉得，自己挨打这件事就这样落下了帷幕。

5

一段时间后，谢江才从母亲口中知道自己在派出所沙发上睡着的那晚，众人在民警办公室里讨论了什么。

刘德一伙承认了殴打谢江的事实，派出所原本是要给他们"走程序"的。但除了刘德表哥，其余所有参与殴打谢江的人都是中学生，必须通知校方——正是因为学校的出面，使派出所的态度发生了根本的转变——学校领导们一到场，就建议派出所民警"内部处理"，恳请派出所"给学生们一个机会"，换句话说，就是不希望事情闹大，要息事宁人，这也是学校处理校园暴力问题的一贯套路。

涉事学生家长也不想警方按程序处理自己的孩子，派出所也不想和学校闹得太僵——毕竟相邻不远，彼此之间平时也少不了各种交流合作。于是，学校领导又给谢江母亲做工作，先是"承诺"一定严肃处理涉案学生，又"善意"地劝说道："谢江还在学校读书,明年就要高考了,这事儿闹大了对双方都不好……"

在各方的"配合"下,谢江的母亲只好答应并接受了调解。

"刘德的那个表哥呢?他不是在校学生,也不属于未成年人,他扇你那几鞋跟怎么算的?"我追问谢江。

他摇摇头,说好像也没处理,刘德的家人找了关系,那事儿后来也就不了了之了。

"刘德一伙学校是怎么处理的?"

"处理?"谢江冷笑了一声。

很快地,谢江就等来了学校对刘德一伙的处理结果:留校察看。

从字面上看,"留校察看"的确是一个相当严重的处分,距离"开除学籍"仅一步之遥。但对刘德来说,这又是一个极轻的处分——此前,他因为打架斗殴早就背着两个"留校察看",却始终也没能变为"开除学籍",这反而成了他恐吓同学的资本。

谢江母亲向学校提出抗议,说之前校领导承诺过会开除刘德一伙学生。但那位校领导却狡辩,说自己只是承诺"严惩",并未承诺"开除","留校察看处分也是校领导们开会集体讨论的结果,并非我的个人意见"。

谢江母亲担心儿子在学校会受到刘德一伙的骚扰,不依不饶,一再找学校,坚持要求开除刘德等人。一位校领导直接对她说:要开除可以,双方都开除,"谢江与刘德一伙在校外打架受伤,如果只开除刘德等人,是不公平的"。

"被打"变成了"互殴",谢江母亲一怒之下把学校领导告到了教育局,但教育局的反馈却是:要学校"妥善处理"。

6

谢江在学校的处境也没有得到什么改善。母亲为他"讨说法"的行为,反而让学校方面开始反感。谢江说,母亲把校领导告到教育局后不久,学校领导几次在公开场合不点名地批评了他。

一次广播操结束后,校领导专门到讲话台上,愤怒地告诉同学们,这次全市的教学评估中,学校没能拿到好成绩,就是因为"有些同学自私自利,自己在学校处理不好同学关系,还唆使家长去教育局诬告学校,给学校荣誉抹黑"。

对此,校领导要求,各年级以班级为单位召开家长会,"加强与学生家长的沟通","所有学生家长必须参加"。

谢江班上的同学都知道他母亲去教育局告状的事情,纷纷向谢江侧目。很快,谢江在班里就被孤立了。

没过几天,继父竟然出乎意料地来学校接他放学。谢江起初很高兴,但在回家路上,继父却对谢江说,让他回去劝劝母亲,"不要再去教育局告状了"。

"为什么?"这让我都有些出乎意料——既然是一家人,为什么要让谢江去开口？

谢江告诉我，那天他继父并不是专程来学校接他放学的，而是被弟弟的班主任叫来学校谈话的。弟弟的班主任"善意"地告诉他继父，他母亲的做法已经"给学校声誉带来了严重损害"，如果再这样下去，谢江弟弟今后在学校的生活也可能会受到"影响"。

继父一直认为是谢江要求母亲去教育局告状，早就对此事颇有微词，一听说可能会"影响"到亲生儿子，心里更加焦躁。由于怕引起误会，他又不好直接阻止妻子，所以便想让谢江去讲。继父还对谢江说："同学之间在学校发生矛盾很正常，谁上学的时候没经历过这种事情呢？只要对方不再招惹你，这事就这样吧，不要搞得一家人都不安生。"

话说到这个份儿上，谢江只得答应了继父。

"实话说，虽然你继父的出发点也许有问题，但他说的这话也有些道理，如果刘德一伙之后没有再骚扰你，你也没有必要追着他们不放不是？"我对谢江说。

"可是他们就是追着我不放啊……"谢江说。

从派出所回来后，谢江在学校见到刘德的第一面，刘德便阴笑着对他说了三个字："你等着。"虽然事情已经过去了17年，但时至今日，想起曾经的场景，谢江依旧会感到些许恐惧。

谢江当即报告了班主任，班主任找到了政教处，政教处叫刘德来问话，刘德却矢口否认。

与此同时，刘德的"小弟"们也放出话来，说"德哥"长这么大没给人道过歉，谢江别以为报了警就万事大吉了，有本事让警察天天跟着他，否则说不好哪天他还会"挨顿更大的打"。

谢江又去找学校报告，学校同样找那些放话的人问话，但那些学生却像刘德一样否认说过那些话。

有几次，刘德一伙故意用"不经意"的方式把一些话让谢江听到，比如"今天晚上有人在'六眼桥'（谢江放学必经之路）'收拾'谢江"，"XX学校的'老大'听说DP中学有个叫谢江的蛮牛X，今晚要带人来学校'教育'他"……

如此这般，让谢江整日处于惶恐和不安之中。起初几次，他找老师报告，学校还颇为重视，放学专门派人陪他回家，但都没有遇到"传言"中的那些威胁。学校再反过头去查那些恐吓的源头，都没有人承认。

这种情形一连持续了几个月，谢江的成绩一落千丈，下滑到了年级300多名。

学校对谢江的不满越来越大，非但不再专门调查他所受到的威胁是真是假，反而认为他是在无事生非。一次，当谢江又去政教处举报自己受到刘德威胁时，政教处的老师黑着脸对他说："谢江你有完没完了？不想读就算了！不就是和同学发生点摩擦吗？这都多长时间了你还没完没了，之前你妈去教育局，告没了学校的优秀奖，现在你还要把学校翻过来吗？！"

谢江被骂呆在那里,他忽然意识到,自己已经成了老师们眼中的"撒谎者""诬告者"和"唯恐天下不乱的人"。而在同学们口中,谢江也早就成了"神经病""被刘德吓破了胆""傻X""打报告能手"。

"你尝试过不理会那些威胁吗？你没觉得那是刘德一伙给你做的'局'吗？"我问谢江。

谢江点头,说想过。后来有段时间,谢江似乎也不在乎那些威胁了,毕竟已经到了2000年年初,还有半年就要高考了。关键是,那些威胁仅仅停留在口头上,并没有一次发生在自己身上。

谢江重新开始整理心情,准备迎接当年7月的高考。经过努力,他的成绩有所上升,虽然距离之前的最好成绩还有不小的差距,但他相信自己就这样努力下去,最终还是能够考上理想大学的。

然而,2000年7月初,高考前两天,谢江又一次被打了。

7

那天傍晚,谢江骑车回家,就在他经过六眼桥的时候,几个"社会青年"拦住了他。几个人不由分说将谢江暴打了一顿,把他的书包和自行车丢到桥下的河里后,扬长而去。

谢江又一次进了医院。医生查看了伤情之后,帮他报了警。

警方首先联系了刘德,但刘德当时不在本市——他家里已经给他安排好出国留学的事宜,案发前半个月,人就被父亲接去了省城。警方派人去了省城,面对警察,刘德一口否认自己参与或谋划了此次对谢江的殴打。刘德父亲对民警上门更是十分不满,要求他们"做事要讲证据",不要"听风就是雨"。

警方又传唤了刘德表哥,他同样也不承认自己参与了此事。由于当时六眼桥附近没有监控,案发时天色昏暗,谢江也没有记下施暴者的长相。警方发布了协查通告,请求当晚路过那里的行人提供线索。有人提供了一些线索,但经警方核实后,都一一排除了嫌疑。

两天后,谢江勉强参加了高考,但因伤痛和情绪失衡,他最终没能完成考试,成绩只有200多分。

从考场出来之后,谢江的精神状态便出现了问题,他下意识地认定,一切都是刘德一伙干的,他们的目的很简单,就是为了"毁掉他"。

他先是经常自言自语,家人凑近细听,全是咒骂刘德的话;后来便开始疑神疑鬼,一再说身边有刘德的"小弟"在害自己;最后竟然发展到毫无缘由的暴力行径——会突然动手打人,指责对方是刘德"派来的"。

有时谢江还会自戕,用美工刀把自己的胳膊划得鲜血直流,家人上前制止,他只说这是刘德的胳膊,自己是在报仇。家人将谢江送往医院,经诊断,他的精神真的出了问题。

学校赔偿了谢江家里一笔钱,因为谢江是在放学路上被打的，学校声称那笔钱是"本着人道主义精神"赔付的，条件是今后谢江家人不再找学校的麻烦。

谢江在家中治疗、休养了整整两年，精神状态才终于稳定下来。但不能受到刺激，有时还会间歇性地发病。

2004年前后，家人试图给谢江找份工作，可他只有高中学历，又患有间歇性精神疾病，绝大多数单位不肯要他，最后只能托人找了一份看仓库的工作。干了几个月，谢江就因"经常神经兮兮的"被老板婉言解雇了。之后便一直赋闲在家，偶尔出去干点临时工，大多也不过是发传单、搬货物之类的工作。

同年，在律师建议下，谢江家人打算把学校告上法庭，要求他们承担当年谢江被殴打一事的责任，但学校方面委托的律师要求谢江家人首先归还之前学校赔付的那笔钱。可那笔钱除一部分被用作谢江几年来的治疗费用外，其余大部分都被谢江的继父用来给亲生儿子在省城买了房。

谢江家人思考再三，最终没有和学校对簿公堂。

2005年，父母告诉谢江，他们去省城找过好几次刘德家，希望能讨个说法，但都没有什么结果。

等到2006年，谢江精神状态逐渐稳定，家里又给他找了几份工作，还是都做不长；2008年，谢江因精神问题屡次相亲失败，备受打击；2009年，刘德婚礼，回本市宴请亲友，谢江从以前同学口中得知了消息后，这才开始重新关注起刘德的动向。

这一年，谢江家人也打算从湖南给谢江买个媳妇，因此再次状告学校索要赔偿，但学校的回复仍与此前相同。咨询律师后，谢江家人得知，即便胜诉，所得赔偿款项也不会太高，因而又撤了诉。

每一次继父和母亲回来，跟谢江说的都是，之所以这么多年都没能讨个说法，全是因为刘家势力大，找人压下了此案。"他家是当大官的，我们是小老百姓"，这句话也在后来谢江接受讯问时，不断被提起。从那时起，谢江便开始寻求复仇的机会。

谢江开始经常在刘德家的小区以及小区旁的小广场闲逛。有一天晚上，他还真碰到了刘德，但身上并没有带刀。

"我觉得刘德那小子肯定会回来，以前他家就住在小广场边上，他家房子一直没卖，因为有几次我看到了他妈从那个小区出来！"谢江说。

终于，他等到了2016年7月的这个傍晚，将刀子捅进了刘德的身体。

8

2016年8月，刘德伤势好转，我和同事在病房里向他采集了笔录。

虽然刘德是此案的受害者，但我对他的印象实在不太好，采集笔录时也难免带着些情绪。

我问刘德是否认识谢江，刘德点点头，说认识。我又问他和谢江关系如何，他笑笑，说："谢江之前应该都给你们说过了吧？"

我说："他说归他说，你说归你说。你如果愿意的话，咱就都按他说的为准，你就啥也甭说了。"

同事给我使眼色，示意我这是受害人，让我注意态度。

"我读书时和他打过架，毕业之后再没见过面。"刘德说，"他为什么要拿刀捅我？"

按刘德的说法，他高中毕业后一直在国外求学，几乎没有回过本市。回国后他一直在省城某国企机关工作，上个月才刚调回本市"积累基层工作经验"，他不明白自己和谢江十几年未见，为何一见面就动刀。

我心中冷笑，想刘德这家伙着实可气，明显知道谢江恨他的原因，却在警察面前故作姿态。

我自认为没必要再跟他绕圈子了，便直截了当地把谢江之前的供述告诉了他。我刚一说完，刘德就陷入了沉默，许久，才叹了一口气说："没想到他这仇记了将近二十年。"

"这事换谁谁也忘不了，十六七岁的年纪，心怀梦想，成绩优异，最后却因为你们干的好事落得现在这个下场，你倒是自在，当年的'面子'也有了，'仇人'也被你整疯了，最后拍拍屁股到国外读书了，回来还当上了'储备干部'，有妻有子、生活幸福，可是……"

同事在病床下面踹了我一脚,我强忍着闭上了嘴。

没想到刘德却没有生气,语气反而十分平和地说:"当年我是过分了,那时确实没想到后果会这么严重。那个年纪,很多事情说懂也懂,说不懂也不懂,只想着谢江举报了自己,自己要出口气,没想到事情最后会发展成这副样子……"

"你气也出了,人也打了,至于在他高考之前整那么一出吗?你是不用高考,可他就只能指望着高考啊!"说完我就盯着刘德的眼睛,他应该明白我说的是哪件事。

"他高考之前的那事,还真不是我干的,也不是我找人干的。"刘德解释说,自己那段时间正忙着办理出国读书的手续,根本没有工夫去谋划那件事。

"那是谁干的?"我有些意外。

"一个叫黄斌的人。"刘德说。

我和同事一下都愣住了。

刘德口中的黄斌,就是谢江第一次挨打时,面包车上的那个在逃人员。

刘德说,黄斌被抓之后,因为寻衅滋事被判了八个月,之前家里原本打算送他去当兵,可因为有了前科,他这辈子再也不可能踏入军营半步。

黄斌父母气得暴跳如雷,黄斌出狱后,家人对他也没什么好脸色。黄斌"痛定思痛",把仇恨全放在了谢江身上,于是才和他人一起谋划了谢江高考前的那次施暴。

"黄斌现在在哪儿？"我问刘德。

"很多年没见了，几年前听表哥说黄斌因故意伤害被判了重刑，现在应该还在哪个监狱服刑吧。"刘德说。

"既然你知道是黄斌干的，2005年谢江家人去你们家时，为什么不告诉他们？"我接着问刘德。

"那次他爸妈在我家闹得很厉害，当时我在国外，我爸专门给我打电话说的，我爸为这事还把我表哥从上海叫回来做证。后来，听说他们一起去找过黄斌……"刘德说。

"啊？！"我大吃一惊，"这么说，谢江父母知道当年下手的人是谁？"

刘德点头，说当年没告诉上门找他的警察，是怕那事儿也有表哥的份儿，后来得知这事儿和表哥也无关，他们就没有必要再隐瞒什么了。

"后来呢？谢江家属找到黄斌了？"

刘德说，找到了，那时黄斌正好因为涉嫌重伤害被警方处理，但因身体原因"取保"在家。黄斌承认了当年报复殴打谢江的事情，黄斌父母担心这事儿闹出去再给儿子加刑，所以提出给谢家五万块钱，让他们放弃追究，谢江父母当时没同意。

根据刘德的说法，当时谢江父母要求的赔偿金额大概在20万，但黄斌犯下的那起重伤害案需要赔给受害者一大笔钱，黄家拿不出另外的钱来赔给谢家。此后，黄、谢两家就一直扯不清楚，后来黄家索性不赔了，让谢江父母去找警察，"大不了让黄斌多蹲几年"。

两家最后达成了何种协议，刘德不得而知，但他说，虽然谢江父母找到了当年的真凶，但也一直没有放过他："他们还是时常来我家闹，说谢江高二那年被我打的那件事也还没完，我爸妈烦得不行，提出也出5万块钱了结，但他们还是不同意，尤其是谢江他爸。"

"他们想怎么办？"

刘德笑了笑："他爸说谢江还有个弟弟，大专毕业了，让我爸在省城给他安排个有正式编制的工作，这事儿才算完。"

9

由于刘德的父亲一直没有给谢江的弟弟安排一份"有正式编制"的工作，谢家和刘家的矛盾这些年便一直没有完结，直到谢江刺了刘德的这三刀。

经过抢救，刘德性命无忧，但脾脏被摘除，伤情达到了重伤级别。

刘德的父母不相信谢江有精神病，认为他捅伤刘德一事是"有预谋的"，谢江父母依旧坚称谢江有精神病。案情重大，公安机关组织进行了司法鉴定，结论是：谢江确实患有间歇性精神疾病，但犯案时并未发病，因此需要承担刑事责任。

最后，谢江因涉嫌故意伤害致人重伤被收监。

本以为此案就此了结，但不久之后，刘德父母却又找到了我。他们说，谢家只在刘德入院当天缴纳了1万元住院费，之后便拒绝再拿钱出来。刘德的妻子和母亲让我找谢江父母催缴医药费，我给谢江家打电话，谢江继父却说，之前刘德家"欠"他们家5万块钱，"就从那个钱里扣"。

我问他，刘德父母什么时候"欠"的5万块钱，谢江继父让我去问刘德父母，然后就挂断了电话。

我又给谢江母亲打电话，告知她，积极赔偿是对方达成谅解的前提，希望她为了儿子的刑期认真考虑一下。谢江母亲很着急，但也很为难，说家里的钱都在丈夫手里，之前刚给小儿子在省城贷款买了房子，刘德被刺一案刚发生，丈夫便把家中所有存款都拿出去，提前还了房贷。

我只好原话转达给刘德父母，他们向我抱怨说对方这样做"纯属无赖"。

可我也只能告诉他们，警方只能追究谢江的刑事责任，至于民事赔偿，也只能以后聘请律师、提起附带民事诉讼了。

我的精神病女儿，以后就指望你了

1

2016年2月的一天，彭中时呆呆地站在马路边，怀里抱着几件衣服，脚边扔着一条毛毯。

他的妻子杜英此刻正全身赤裸着，一边喊叫着一边在车流中穿梭。所到之处，全是尖锐的刹车声和急促的喇叭声。被逼停的司机降下车窗，冲她怒吼着："想死啊，傻Ｘ！"

我和同事在车流中追逐杜英，情况危急，我喊彭中时一起追，可他就像听不到我的声音一样，依旧呆立在那里。

五分钟后，杜英迎面扑倒在一辆被她逼停的SUV上，用力地拍打着发动机盖。司机从车里下来，又愤怒又惊慌，想去拉扯杜英，却又不敢靠近，看到我们过去，赶紧连声说自己车早就停了，是她自己扑上来的。

同事冲司机摆摆手,示意他这并非交通事故。然后一边按住杜英,一边回头找彭中时,见他还站在路边,同事就朝他怒吼:"站在那里看热闹哪!快把毯子拿过来!"

彭中时这才反应过来,俯身去捡毯子。刚把毯子捡起来,怀里抱着的衣服又掉了一地,再伸手去捡衣服,毯子却又掉了。

"别管衣服了,赶紧先把毯子拿过来!"我也忍不住朝他喊。

我和同事一人按着杜英的一条胳膊,把她控制在那辆SUV的发动机盖上。杜英一边嘶吼着一边扭头冲我们吐口水。我扭头看彭中时,他还在那里不紧不慢地往我们这边走,又冲他吼道:"快一点!"

彭中时这才跑了两步。

我们把杜英暂时控制在派出所的醒酒室里,等待送往精神病院。

"你他娘的以后能不能动作快点?!"同事一边在受伤的手背上擦酒精一边训斥彭中时。刚才在大街上,他的右手被杜英狠狠咬了一口。

彭中时默默地点点头,也不说话。他的目光有些呆滞,顿了好一会儿,才开口问道:"怎么办?"

"怎么办?送精神病院啊怎么办!"我心里也憋着火,就因为刚刚彭中时的磨叽,我被杜英吐了一脸口水。

"没钱。"彭中时撂下一句。

我早就料到他会这么说。我们不是头一次打交道了。

杜英是辖区在册的肇事肇祸精神病人，一犯病就在街上裸奔，时不时还会出手打人，平均一年要送三次精神病院。三个月前我就出过一次警，也是送杜英去精神病院，那次彭中时同样说没钱，做了一下午工作才把他说通。

"这次你们啥也别说了，必须让她娘家出钱，我一个月就那么点工资，上次送医院的钱还是我借的，到现在都没还……"

我只好打电话给杜英的父亲，杜英的老父亲在电话里颤颤巍巍地对我说，现在彭中时是杜英的丈夫，也是"法定监护人"，他出这钱没道理。好说歹说个把小时，杜英父亲才同意拿钱，但也只答应出一半，剩下的一半还是让彭中时自己想办法。

临挂电话前，杜英父亲指责彭中时现在就是"卸磨杀驴"，我手机开的免提，彭中时听到了，激动地冲过来朝电话大喊："老X玩意儿你一早就给我'做笼子'……"我急忙制止，赶紧挂了线。

就算只出一半钱，彭中时也不肯。杜英父亲更是拒绝再与警方交涉，我们只好试着联系杜英的其他亲属。直到当天晚上，杜英的姐姐才同意赶过来，为妹妹交了另外一半医疗费。

杜英这才被送进了精神病院。

2

彭中时54岁，是厂里行政科的"退休"科长——按理来说，他远不够退休年龄，之所以提前"退休"，也是因为杜英。

和那些后天吸毒致幻的病人不同，杜英的精神病是先天的，发病很早。有上了年纪的同事说，杜英20多岁时就发过病，那还是20世纪80年代的事。这些年，只要是在派出所工作过的民警，或多或少都和彭中时夫妻打过交道。

夫妻俩没有孩子。彭中时说刚结婚时，他们也曾想要个孩子，但杜英一直没怀上，后来，杜英发病越来越频繁，便没法再怀孩子了。医生也说，杜英的病可能会遗传，建议他们放弃要孩子的想法。

彭中时的家在小区靠近马路边的一栋六层公房里，二人本来住在六楼，2004年，杜英在家中犯病后爬出了阳台，差点儿坠楼，后来彭中时就和单位领导申请换了房，搬到了一楼。

每次清查辖区肇事肇祸精神病人时，我都要去彭中时家。他家永远亮着一盏昏暗的白炽灯，零星几样老旧家具，除了一台旧式绿皮冰箱外，几乎没有任何家用电器。

2011年，我刚接手社区时，第一次去彭中时家，问起他家的生活状况。彭中时无奈地回答我："都砸了，还谈什么'状况'……"大到以前家里置办的电视机、影碟机、洗衣机、空调，小到窗玻璃、锅碗瓢盆、茶杯暖瓶，只要杜英一发病，这些东西便都难逃厄运。

"冰箱还是结婚时买的，用了20多年了，夏天漏水冬天漏电，但就是抗砸，结实。"彭中时指着嗡嗡作响的电冰箱自嘲道。

电冰箱上伤痕累累，一侧底座的腿断了，垫着厚厚的纸壳子。

"这么多年都没有起色吗？"我问彭中时。

他摇摇头，说"时好时坏"，好的时候就在家睡觉，坏的时候就跑出去打人、裸奔。

"她这病是遗传性的，天生的，没得治……"彭中时告诉我，杜英的小姨当年也是精神病，和她现在一模一样，不过十年前掉进河里淹死了。

"结婚时知道这件事吗？"我又问。

他顿了顿，说不知道："我要知道的话，怎么可能和她结婚？"

那时我刚参加工作不久，听他这么说很不解，又问他，既然杜英家婚前隐瞒了她有精神病的事实，婚后发现了为什么不离婚？彭中时当时并没有直接作答，只是笑了笑说："一日夫妻百日恩嘛。"

我被他这话打动了。从那之后大概有半年的时间，我一直在尽力帮助彭中时。有几次杜英深夜跑丢，我就开着车带着彭中时四处找人。有时送杜英去精神病院，彭中时说自己钱凑不够，我还给他垫过几次治疗费，前后大概有四五千块。

3

但后来，有人告诉我，关于杜英，彭中时对我说的话并不都是真的。

2012年8月,我去居委会办事,大家聊起了彭中时,我感慨说这些年他真是不容易,放一般人身上早就离婚了,"真是个好男人"。

居委会的干事听完就笑了:"你怎么知道彭中时没想过离婚?他光来居委会开证明就不下三次,要求居委会证明他和杜英的夫妻关系已经破裂,他好拿着证明去协议离婚。"

这的确出乎我的意料。看我不信,居委会干事翻了半天,找出一张纸递给我,说这是以前彭中时留在居委会的证明复印件,后来因为不符合规定,再没给他开过。

"两口子都正常才能协议离婚,像他这种老婆是精神病的,协议不了。"干事告诉我,杜英属于"无民事行为能力人",法律规定不能协议离婚,只能走法院诉讼。

"那他去过法院没?"我问干事。

她摇摇头,说不知道,"应该是去过吧,当时看他离婚的态度还是蛮坚定的"。

我不知道该说什么,只得替彭中时打了个圆场:"毕竟婚前不知道妻子患病,结婚后又照顾了这么多年,于情于理也说得过去。"

"他不知道杜英以前有精神病?"干事反问了我一句,瞪大了眼睛,"他彭中时跟你说结婚前他不知道?"

我被她问得有些蒙，只好点点头，干事意味深长地笑了。

"结婚前他知不知道杜英有精神病，这我们不清楚，但他肯定知道杜英的爹是谁。"干事撂下这么一句便走了。

回到派出所，我把杜英父亲的名字输入警综平台，页面中的杜英父亲就是一个再普通不过的老头：时年72岁，还有一个67岁的老伴。

我问身边值班的同事，杜英的父亲是谁。

"是谁？杜英他爹呗！"

这话等于没说。

2013年3月，杜英的父亲报警，称女婿彭中时来家里闹事，还是因为杜英医疗费用的问题。我和师父出警处置之后，我又问师父，这老头到底是谁？

师父是局里的老民警，从警近三十年，跟彭中时一家至少打了二十年的交道。

"杜英他爹？杜书记啊。"师父回答。

"哪儿的书记？"我问。

"XX厂，不过早就退休了，你问这个干啥？"

我就把那次和居委会干事的对话讲给师父听，师父听完，也笑了笑说，彭中时和杜英这个事儿，确实有些复杂。

4

1983年，杜英23岁，曾谈过一场人尽皆知的恋爱——当时，她的男朋友是邻市公安局局长的儿子，两人是中学同学。

那时杜英的精神状态还算正常，只是脾气比较大，喜欢发火。之前谈过几任男朋友，都受不了她的脾气。但在周围人看来，这也是正常现象，毕竟父亲是厂里一把手，"长公主"有点脾气是可以理解的。

杜英高中毕业后便被安排进父亲的厂里上班，公安局局长的儿子退伍后也分到了这个厂里。两人同在一个科室，每天一起工作，两人父亲的职级也基本相同——在外人看来，这可是一桩"强强联合"、门当户对的好姻缘。

但到了谈婚论嫁的地步时，杜英的"准公公"却突然叫停了这门婚事。没过多久，公安局局长的儿子便和别的姑娘结了婚，并很快调走了。为此，杜英气得一个月都没来上班。

没人知道两人分手的原因究竟是什么，只知道两家当时还为此大动干戈。甚至两个单位之间日常的业务往来，多少都因为两位一把手的"不和"而受了影响。

后来，就有人风传，公安局局长之所以叫停这门婚事，是因为他通过"一些途径"了解到杜英的家庭情况，杜英的二姨和小姨都患有精神疾病，杜英母亲虽未患病，但也精神暴躁。局长是老刑侦出身，看人颇有一套，第一次见杜英时，就觉得她"有问题",很担心病情会遗传,便强令儿子和杜英分了手。

小道消息不胫而走,很快就成了"杜英一家都有精神病,会遗传,坚决不能碰",以前那些和杜英处过对象的男人纷纷暗自庆幸,从那时起,就再没人敢给杜英介绍对象了。

这话传到杜英耳朵里,她又羞又气,去公安局局长家闹过很多次,但都于事无补。等局长儿子结婚后不久,杜英就真的发病了。

"杜英就是因为这件事情受到了很大的刺激。原本,有家族精神病史的人不一定都会发病,但会有潜在的危险,一旦出现强烈刺激引发自我暗示,十有八九就会发病。"师父解释说。

"那彭中时呢?他和杜英结婚,难道不知道杜英的情况吗?"我好奇地问。

"他呀,唉……"师父也叹了口气,欲言又止,"有些路既然是自己选的,再苦再难也得走下去啊。"

5

师父和彭中时年纪相仿,他说当年自己差点儿和彭中时做了同事。

师父以前在农场开大货车,1983年全国严打时被抽调到公安局,等严打结束,师父便留在了公安局工作。当年,彭中时是杜英父亲厂子保卫科的临时工,同样也被抽调来到公安局帮忙。

"当时公安局人手不足,又怕抽过来帮忙的人不肯出力,所以上级就放出话来,所有抽来帮忙的人,无论在原单位是正式工、家属工还是临时工,只要表现好,都有可能留在公安局工作,局机关两个名额,每个派出所一个名额。"

这话如同一剂鸡血,一时间,所有被抽调来的人都干劲儿十足。尤其像彭中时这样的临时工——他本来在原单位转正的可能性就十分渺茫,要进了公安局,哪怕只是做一名"工勤人员",铁饭碗也算是抱稳了。

"当时,彭中时铆足了劲儿要在公安局转正,是我们那批抽调来的人中工作最积极、表现最好的。"师父说,"本来我这个名额应该是他的。"

等到1984年年底,彭中时确实获得了留在公安局工作的机会。但出人意料的是,他竟然放弃了,公安局找他谈话,他却主动要求回以前的单位。周围的人都为彭中时感到惋惜,甚至有人背地里骂他傻——放着公安局铁饭碗不端,偏要回去企业保卫处干临时工。

师父那时和彭中时的关系不错,问他为什么要回去干临时工,说就这么走了多可惜。彭中时也没多解释,只说觉得自己不适合在公安系统工作。

但谁都没想到,彭中时回原单位后不久,便抹去了身份上的"临时工"三个字,成了一名"全民所有制职工"。

大家这才明白彭中时拒绝留在公安局工作的原因——那个年

代还没有"公务员"这个概念，国企与政府机关都是"铁饭碗"，但在效益好的国企，职工每月、每季度、每年都有各种奖金，政府机关却只有固定工资。

人们又开始纷纷感叹彭中时本事大、路子广、做人低调。一个20岁出头的毛头小伙子，从临时工转为正式工，还调了部门，这要没有"通天的本事"，是绝对不可能的事情。

师父跑去问彭中时怎么做到的，但他仍是一个字都不肯透露，以至于有段时间师父觉得他很"不江湖"。等严打结束，各单位抽调来的人员纷纷返回原工作单位，师父和彭中时的联系慢慢也就断了。后来，他只是听说彭中时在单位混得很不错，已经当上了部门领导。

到1993年年初，已经转为派出所民警的师父接到一起警情，才又和彭中时见了面。

"那天辖区一家单位报警，说有个女的无缘无故在他们单位门口骂人，见一个骂一个，单位保卫科赶都赶不走，所以报了警，我们到现场处置，根本没法交流，怀疑是精神病人，就找那个女人的家属来，结果来的竟然是彭中时。"师父说。

那时师父才知道，原来彭中时和杜英已结婚七年了。

6

直到很多年之后，彭中时才向师父承认，当年之所以他能

"转正",就是因为他和杜书记做了一笔"交易"——那时候,他已被杜英的情况折磨得焦头烂额了。

彭中时17岁那年从本市周边农村招工进城,一直在厂里保卫科做临时工,主要负责夜里在厂区巡逻,那些正式工不愿做的、出力不一定讨好的工作,全都由他来做。彭中时工作很认真,领导也很欣赏他,多次给他打气,称但凡厂里临时工有转正的机会,他肯定排第一位。

彭中时当然想转正,除了眼馋正式工的工资,更重要的是,作为一个农家子弟,要是能够进城工作并捧上铁饭碗,就能改变整个家族的命运。

只是,彭中时在保卫处干了快五年,也一直没有等到转正的机会。在被抽调去公安局之前,厂里有同事好心劝他,这样干等下去没有任何意义,还不如趁着年轻,赶紧自己想想办法:"你也不看看,厂里多少家属工都在等着转正,里面有多少是科室和厂领导的亲戚,你一个临时工,没技术没学历,在这儿又无根无基的,什么时候能轮到你?"

这几乎是一语点醒梦中人。

也就是这一年,杜英发病了。

女儿的发病在杜书记看来既是意外,也是意料之中的事。多年来,他一直担心女儿像自己的两个妻妹一样,因此杜英高中毕业后,他就把她直接安排进自己的工作单位,想着女儿离自己近一点儿,自己能顾得上,只要将来结了婚,自己的担心便能卸了大半。

没想到，女儿的一场恋爱让自己先前的计划付诸东流，现在婚没结成不说，女儿也成了一块烫手的山芋。

"这么说，当年是杜书记骗了彭中时？"我问师父。

"现在想想，也不完全是吧……"师父说。

彭中时自己也跟师父说过，杜书记原本看不上他，但他却一直坚持不懈地追求杜英。当年正是他自己主动向杜书记表达意愿的。

当时彭中时在老家有个未婚妻，是村里媒人给他介绍的，一直没结婚。彭中时原本打算先在厂里转正，然后把未婚妻调进来做家属工，但是后来，彭中时虽然转了正，却做了杜书记的女婿，老家的未婚妻来厂里找他，他就躲着不见。

师父还记得，那次严打，彭中时被抽调到派出所后，管第二人民医院那块地，负责街面巡逻。他总是时不时就"巡"到医院里去了，大家问他，他只说家里有亲戚在二院住院。

后来师父才知道，当时住院的并不是彭中时的"亲戚"，而是杜英，就住在二院精神科。

"可能那个时候彭中时就有所打算吧。"师父说。

"他没想过和患有精神病的杜英结婚意味着什么吗？"

"后来这事儿'穿'了，彭中时才说了实话——他有个哥哥，在老家务农，当年哥哥帮他出主意，让他娶了杜英，杜书记肯定会帮他解决转正问题，不然的话，他终究就是个'临时'的，迟早有一天会被单位扫地出门。"

"可是杜英已经发病了啊，和她结婚，以后怎么办？"

"彭中时的哥哥说很好办，结婚之后转了正，找个机会调到其他单位去，杜书记就管不着了，到时再离婚就是了。哪怕离不了婚，还可以把杜英送回老家来，他负责看着。"师父说。

彭中时认为自己的哥哥不会害自己，这个办法虽然有些缺德，但对于改变自己境遇而言，的确是个好办法。但彭中时不知道的是，哥哥之所以给他出这个主意，就是为了让他通过转正拿到城市户口——按照老家的规矩，如果他拿到了城市户口，便失去了家里老房子的继承权。与杜英结婚之后，当不堪妻子精神病折磨的彭中时准备按照当年哥哥的提议，将杜英送回老家时，哥哥却以"嫂子要喝（农）药"为由拒绝了他。同样，阅人无数的杜书记直到退休，也没让彭中时"调走后离婚"的算盘打响。

"按照法律规定，杜英是精神病人，限制民事行为能力，暂时不能结婚，但杜书记找了关系，还是给他们办了结婚手续。"师父说，当时，杜家迟迟不愿承认杜英得了精神病，只说她就是受了刺激，一直拖到彭中时和杜英结婚之后的1990年，杜英才第一次去做了精神鉴定。

杜书记的算盘是，只要结了婚，彭中时便成了杜英的法定监护人，只要确保自己退休之前两人别离婚就好——等自己退了休，彭中时再提离婚，他就可以以自己"无监护能力"为由拒绝。虽然这样做有些坑人，但为了自己百年之后女儿能有个归宿，也是没办法的办法。

"两家就这样相互算计呗。"师父笑笑说。

7

1998年，杜书记退二线，临退休前两年，把女婿彭中时扶上了行政科科长的位置，算是给女儿一个保障。

杜英的病情并没有多少改观，还是经常犯病，犯病后有时打人、有时在街上乱跑。彭中时虽然照看着，但早已是人心思变。

"老丈人退休之后，彭中时找过一些单位想调动工作，甚至还来过公安局。"师父说，杜书记虽然退了休，但在本地还是有一定影响力的，其他单位的领导既不想得罪杜书记，又不愿调一个家里有负担、无法专心工作的中年干部来自己单位，所以彭中时一直没能成功。

"彭中时也来找过我打听过精神病人离婚的事情，我虽然比较恶心他的为人，但还是帮他问了，很遗憾，像他这种情况的确有些难度……"

2000年左右，彭中时以"婚前不知杜英患有精神病，要求判决离婚"为由，将杜家告上了法庭，因为那时他已经确定，自己与杜英协议离婚无望，只能走诉讼离婚的路子。

一审法院先进行了调解，彭中时愿意把夫妻名下的所有财产都给杜英，以换取和杜英离婚，但杜家没有同意。彭中时提起诉讼，要求判决离婚，但因离婚后杜英找不到有效监护人，法院并没有判决离婚。彭中时又提起上诉，二审法院也没支持他的离婚请求。

日子还要继续过，但经过这一系列风波，彭中时与杜家已是剑拔弩张，彻底撕破了脸皮。彭中时说是杜家吃定了他，要毁了他的一生。杜英的父亲则称彭中时丧尽良心，靠杜家上位，目的达成便要"甩坨子"，"纯粹就是过河拆桥"。

最无辜的只有杜英，由于丈夫与娘家闹得不可开交，她的日常看护一直是个大问题。有时候连按时吃药都保证不了，以致发病越来越频繁。

"后来彭中时有些事做得过分了，还差点儿把自己'折进去'。"师父说。

2004年，彭中时见离婚无望，索性不再回家，在外过上了"家外有家"的生活，将杜英一人丢在小区的住所里。结果那年四月份，被独自锁在家里的杜英攀上六楼阳台企图出门，差点儿坠了楼。

公安机关找彭中时谈话，彭中时拒绝见面，公安机关只好联系彭中时所在单位，让他们向彭中时转述，说如果再这样下去，可能会涉嫌重婚罪和遗弃罪。

见不管不行，彭中时只好搬回家继续和杜英过日子，但他又想了一些别的"点子"。

"不知道谁跟他说的，精神病人触犯刑法后会被强制送医，费用由政府承担。2005年年关前后，不知他是有意还是无意，给杜英完全停了药，结果杜英犯病，上街打了人，对方轻伤。警察出警之后确实给她强制送医了，但彭中时却发现，自己作为法定监护人，还要负责赔偿受害者损失……"

"杜英娘家那边呢？杜英总归是他们的女儿，也不能就这么坐视彭中时乱来吧？"我问师父。

"杜书记说了，嫁出去的女儿泼出去的水，自己现在也确实无能为力了，一是自己的大妻妹因为有病一生未嫁，岳父母过世后自己和妻子还要负责照顾大妻妹；二是自己和老伴年纪也大了，身体也不好，确实没能力再把杜英接回家了。"师父无奈地摇摇头。

居委会、街道办、派出所，甚至杜书记以前所在单位的退休办都去杜家做过工作，但杜书记那边也是铁了心吃定彭中时了，只说除非有人主动承担杜英的监护义务，不然谁说也没用。

"我跟这家人打了半辈子交道，现在社区归你管了，他家的事儿，唉……"师父最后又叹了口气。

8

2015年2月，全国两会召开前夕，公安局要求重新汇总辖区在册精神病人的情况。当时，杜英精神状态已经极不稳定，我找彭中时要求他加强看护，但彭中时却说自己最近肝脏出了问题，要去武汉住院，照顾不了妻子。

无奈，我只好又去找杜书记。

在杜家，我一提到彭中时，杜书记便忍不住开口骂了起来。言语中倒也不避讳，直说自己当年看走了眼，本以为彭中时是个踏实厚道的人，自己帮他转了正，提了干，想给女儿留个可靠的托付，没想到他竟是这种人。

"彭中时现在对外说当年结婚的时候不知道杜英有精神病，这纯属放屁！那时候杜英有病这事儿，全厂都知道，就瞒着他一个？结婚之前我还问过他，他说么斯一直就暗恋杜英，只是觉得自己配不上她，之后愿意照顾她一辈子……

"杜英这病好好控制的话，根本不会发展到现在这个地步，都是因为彭中时这个狼心狗肺的东西，压根儿不想好好给杜英治，她才走到现在这个境地……

"他彭中时当年就是个看大门的临时工，要不是我帮他，他这辈子也就能看个大门了，全厂三百多号临时工，凭什么让他转正？凭什么！"

杜书记骂得停不下来，我几次想插嘴打断都没能成功，只好耐着性子继续听他说。直到他终于说累了，我才试着问了一句："如果当时没有彭中时的主动追求，你打算怎么处理杜英的事情？"

杜书记愣了一下，沉默了一会儿，叹了口气，没再说下去。

而彭中时那边，同样也是一腔怨气。

2015年6月，看护杜英四个月的杜书记找到派出所，说杜英在家犯了病，要求我把彭中时"找出来"送杜英去医院。

我联系彭中时，他先说自己在武汉治病，又说自己在长沙办事，所里有同事恰好当天过早（吃早饭）时遇到过彭中时，拆穿了他的谎话，动之以情晓之以理，他才不情不愿地来了派出所。

从精神病院返程的路上，彭中时又开始诉说自己这些年来看护杜英的不易，我有一句没一句地搭着话，直到他把话引到警察头上："你们警察每次也就跟着送送，从来不说帮助解决一下费用什么的。"

我开始没搭理他，但开车的同事没忍住，和他吵了几句。彭中时一直不住嘴，我也火大，便问他之前送杜英去医院时帮他垫付的几千块钱什么时候还我。

彭中时不吭声了，半天没说话。

同事说："那是李警官自己的钱，帮忙还帮出仇人来了？彭中时你也是每月有工资的人，至于这样嘛。"

彭中时叹了口气，又抱怨起来："还不都是杜英害的，早知道家里有个精神病人是这种情况，我宁愿打一辈子光棍！"

我索性把他和杜英以及杜书记当年的事情挑明了，原以为他要辩解一番，不承想彭中时并没洗白自己，只是低着头说，自己这些年已经为杜家做了很多事，足以报答当年杜书记对他的"栽培"了。

"我现在就是后悔啊，为了个么X'全民所有制职工'身份，娶了他家闺女，结果把这辈子都搭进去了……"彭中时又开始絮叨个没完。

他说，自己的"仕途"就止步于杜书记退休——他34岁当上行政科科长，此后再未升迁。一是由于背后的"大树"退休了，二是因为妻子杜英的病始终让他无法专心工作，动不动就要请假陪护，单位几任领导对他都有意见。

2008年，厂里实行"干部竞聘"，46岁的彭中时落选了。领导找他谈话，安慰他说："这些年一手抓行政科工作，一手抓家属病情，着实辛苦，退下来也是好事，一方面给单位年轻人一个机会，另一方面也可以专心给妻子治病。"

从此之后，彭中时几乎就成了单位的"编外人员"，开始时彭中时还耍脾气不去上班，领导打过几次电话之后，就再也没人主动找他了。他的收入也只剩下基本工资，单位的各种奖金、补贴、福利都和他无缘了。

彭中时说，当年厂里有些和他一样的临时工，后来看转正无望，纷纷另谋了出路，有的外出打工，有的做点小生意，现在大多家庭和睦、有车有房，其中有几个还发了财，举家搬到武汉去了。现在看看自己，"要啥没啥，连个孩子也没有，以后自己老了，谁来送终"？

"你看，我留在厂里干了五年保卫科，结果走了的人都发了财；当年我把留在公安局的名额让给老宋（我师父），结果后来他赶上了'公安改革'，从开大车的司机变成了公务员，'金饭碗'！老家那个女的，后来听说嫁了个有钱的，生了俩孩子，在荆州做买卖；就我，娶了个领导闺女，本以为能搭上顺风车，结果赔上了半辈子……"

彭中时说自己也无数次动过"一走了之"的念头，但思来想去，又怕真的背上一个"遗弃罪"坐牢，那样的话，原单位会毫不犹豫地把自己开除，连现在每月那点儿基本工资和以后的退休金都没了。

"你当年也有机会来公安局工作，如果你过来了，现在铁饭碗也端上了，也不用这么麻烦了不是？"同事说。

"那时还不是杜老头撺掇的？他说杜英的病就是那个公安局局长给弄出来的，我要是去了公安局工作，这辈子也别想进他家门……"彭中时说。

"你他娘的非得贴着他吗？你来了公安局他还能管得到你？"

"那个……"彭中时可能还有话要说，但半天没有说下去，之后便沉默了。

尾　声

2018年年初，师父退休。那时我已离开派出所，回去参加师父的退休宴，哪知去酒店的路上，竟又遇到了杜英在街上犯病，原单位的同事小顾和老杨正在处置，彭中时依旧在一旁呆立着。

下车帮了一下忙，又回到车上，师父冲我打趣说："我还以为你也会跟他家打上20年交道呢，没想你走得倒是快。"

"你走了有我,我走了有小顾,哪天小顾走了还会有别人。对我们来说就是份工作,但对彭中时来说……"几年过去了,我忽然有些可怜他的境遇。

"路都是自己选的,咬着牙也得往前走不是?"师父说。

我有铁饭碗，谁要去打工

春节前，老家某著名公园办活动，面向全市征集公园的老照片。我想起家中有几张公园旧照，便想拉着母亲一起找一找，让他们也去参加活动。

"这不是咱和小赵叔叔一家吗？"我翻出一张照片，问母亲。

"是啊，那时多好，唉……"母亲也接过照片看了一眼，叹了口气。

照片上高大帅气的小赵叔叔，刚刚去世一年。

1

去年年初，母亲回厂里领退休员工的春节福利，说看到了厂里公告栏上的讣告，上面写着：

我厂职工赵XX因病医治无效，于2018年2月X日在省肿瘤医院去世。遵家属意愿，丧事从简，定于2月X日在XX殡仪馆举行遗体告别仪式，有意参加者请联系厂工会……

　　我们是在前一年10月得知小赵叔叔肝癌确诊的消息的，没想到仅仅过了三个月，他便去了，人才52岁。

　　原本我们打算坐厂里的班车一起去殡仪馆送小赵叔叔最后一程，但临行前夜，工会的人给母亲打来电话，说报名前去的人太少，厂里不派车了，让我们自行前往。

　　母亲向父亲抱怨了几句厂里人情淡薄，不该这样对待工作了三十多年的老职工。父亲也跟着叹气。

　　小赵叔叔的遗体停放在殡仪馆一个很小的告别厅里，稀稀拉拉几个花圈靠在墙边。

　　我看到母亲以前的几个同事，都是从前一起住在家属院里的，母亲指着其中一个给我说，那人已经当上了厂里的领导。几个人站在告别大厅外的台阶上抽烟，看到我们过来，有人向母亲打招呼，寒暄两句"孩子这么大了啊""退休之后还好吧"之类的套话。

　　母亲埋怨了那位领导几句，说小赵叔叔毕竟在厂里干了这么多年，现在人没了，偌大个厂子就来这几个人，把告别仪式搞得如此寒酸。

领导无奈地笑笑,说这有啥办法,大过年的都不愿来这种地方,他自己家亲戚都没来几个。况且厂里的年轻人和他也没啥交情,上了年纪的和他关系又不好,就现在这几位,还是被硬拉来帮忙的。

我环顾周围,相比另外几个告别厅前的熙熙攘攘,这偏厅显得尤其冷清。玻璃棺旁边有一个女孩儿,胳膊上带着黑纱,应是小赵叔叔的闺女,除此之外,再也没有看到其他戴孝的人。

"唉,其实现在想想,他这辈子也真是可怜……"身着黑色西装的工作人员出来通知说告别仪式的时间差不多了,领导踩灭了烟头,发出一句感叹。

2

我很小便认识小赵叔叔。

1982年,16岁的他就进了厂,先干搬运,后来在车间当学徒工,成了我母亲的同事,也是我母亲在车间带的"徒弟"之一。他小我母亲4岁,一直喊母亲"李姐"。

那时厂里住房很紧张,我们家一直排不上单元房,只能在厂宿舍的"单身楼"里周转,小赵叔叔结婚前也一直住在那里,我家跟他做了好几年的邻居,父亲常把他叫来一起吃饭喝酒。因为关系处得好,平素遇事便少不了相互帮忙。

小赵叔叔的老家在远郊乡下,有很多亲戚。他家里很穷,母亲去世得早，父亲常年养病在家。可在他们家亲戚看来，他作为家里唯一一个"迈出农门"进城挣工资的人，相比在老家靠天吃饭的人，已经是非常发达了。因此，他不仅要负担父亲治病的全部费用，还得应付有事没事就来省城的老家亲戚。

小赵叔叔的亲戚，经常一来就是一大家子，有时还会长住，餐具、椅子不够用了，就来我家借。我依稀记得，他有个和我差不多大的侄子曾来省城治病，一家三口在他的小屋里实在住不开，便让侄子借住在我家，和我在一张小床上足足挤了半个月的光景。

这些亲戚吃了住了，有时还要"借"点东西回去。小赵叔叔好面子，觉得自己是"工人"，拿"非农户口"，是同辈人中最有出息的，也不好意思拒绝。可那时，他自己刚参加工作不久，在厂里也没几个熟人，只能跟我母亲开口。我母亲时常劝他：你本就工资不高，哪里经得起老家人隔三岔五来"打秋风"？他却不以为意。

而我父母麻烦小赵叔叔，主要是因为我。

那时我年纪尚小，家里老人去世又早，父母收入有限，也请不起保姆，每到幼儿园放假时，我便成了"留守儿童"。

母亲担心我一人在家中惹祸，只好上班时把我也带去厂里，可又不放心让我独自在堆满各种钢铁物件的车间里待着，每隔一会儿就要过来看看我。车间领导为了此事，几次点名批评母亲工作时开小差。

后来一次开会时，领导又因我在车间乱跑，当众训斥母亲，还说要扣发母亲当月奖金。母亲很生气，但又说不出什么，没想到小赵叔叔却站出来顶撞了领导："你儿子放假也被带到办公室里，还把钢笔水泼到新制的图纸上造成工期延误，是不是该一起扣工资？"

领导无言以对，最终也没好意思扣发母亲的奖金。但事后领导私下找母亲说，把我放在车间，违反制度是小事，关键是安全没法保证——车间里都是铁家伙，万一不小心伤到了孩子，责任算谁的？

可母亲真是没办法。领导只好叹了口气，说："那你只能自己小心了，出了事情厂里可负不了这个责。"

后来，还是小赵叔叔主动找到我母亲，说把我交给他带着。母亲说，这可不行，你也得上班，哪里忙得过来？况且被领导知道了，会扣你工资的。小赵叔叔却说不要紧，反正自己一直干学徒工，也没多少事情要做，况且学徒工干多干少都是那点工资，"怕领导个球"！

从那以后，我就成了小赵叔叔的小跟班。开始是在厂里跟着他，后来幼儿园开学了，他也会接送我，有时我父母下班晚，他还会带我去不远处的公园玩。

时间久了，厂里的同事都跟我母亲开玩笑说：你必须负责给小赵介绍对象，不然他整天带着你儿子出去，人家女同志都以为那是他儿子，不敢和他处了，这样下去，不得打一辈子光棍？母亲笑着说没问题，还让小赵叔叔多留心，说只要相中了谁，她就负责去说媒。

3

我5岁那年，母亲践行了她说媒的承诺。女方是刚分进车间不久的女工小刘，听说还是个大专生。

那时小赵叔叔也结束了三年的"学徒"生涯，正式被分配到"下料"工段工作。论长相，正当年的他一表人才，身材魁梧，经常戴着墨镜，骑着一辆嘉陵摩托，像极了电视里的明星。

我母亲为了保险起见，把小赵叔叔的家庭情况全部告诉了小刘阿姨，小刘阿姨说不要紧，都是普通老百姓家庭出来的孩子，只要他人好、肯上进，她都可以接受。

很快两人就举办了婚礼，厂里去了一大群人，酒席上，小赵叔叔带着小刘阿姨向我母亲敬酒，换了个大玻璃杯，一饮而尽，说，我有两个哥哥，就是没有姐姐，李姐就是我亲姐姐，以后你家的事情就是我的事情。

我母亲也很高兴，让小赵叔叔结婚之后赶紧要孩子，"小子（指我）明年就上学了，不需要那么操心了"，到时可以帮他带孩子，"小赵你自个儿也好好工作，争取当上领导，我这当姐的也沾沾光"。

小赵叔叔和小刘阿姨满面红光，一个劲儿点头说：姐你放心，绝对不让你失望！

那时我家已经从单身楼搬走，小赵叔叔结婚后也从厂里分得一室一厅。但我们两家的走动并未因此减少。婚后一年，小赵叔叔就有了个女儿，节假日时，我们两家还会常常聚在一起。小赵叔叔经常给我买礼物，有些玩具父母不给我买，我就偷偷告诉小赵叔叔，过不了多久，他准会像变戏法一样变出来送给我。

我找出的那张与小赵叔叔一家的合影，是1995年大年初五两家人一起去公园游玩时的留念。照片上，小刘阿姨抱着两岁的女儿，依偎在小赵叔叔怀中，小赵叔叔帅气的脸上荡漾着幸福的笑容。

"你看那时多好，那年春节前，你爸和你赵叔还一起去家电城搬了两台21英寸彩电回来，咱两家成了家属院里为数不多的看上大彩电的人家，你赵叔还和你爸商量，过一年再一起去买两台电冰箱……"母亲一边回忆一边说道。

4

可惜，买冰箱的计划最终还是落空了。

1995年年初，国家取消了对母亲他们工厂的扶持政策，本就效益一般的厂子一夜之间陷入生死攸关的境地。还未到年底，已经有"破产改制"的风声在厂里流传。

1996年春节，厂里已经发不出奖金，购置电冰箱的计划被迫推迟。小赵叔叔再来我家时，大人们聊天的内容也从"买冰箱""换洗衣机"变成了"裁员""减福利""降工资"，家里充斥着压抑和不安。

"那时候谁也想象不到，两千多人的大厂，三十多年历史，没了国家政策，一年之内说垮就垮了。"母亲说。

1996年7月，母亲收到了厂里的"息岗通知"，虽然领导开"散伙会"时信誓旦旦地说："企业只是'改制'，短则数月，长则不过两年，肯定会成功的。大家要沉住气，到时不但能回来上班，工资和各种福利待遇还会提高！"但台下工人们的脸上却依旧布满了疑惑、忧虑甚至怒火。

小赵叔叔早我母亲三个月接到"息岗通知"，"光荣"成为第一批为企业"轻装前进"做出"巨大贡献"的"先进个人"。记得那天在酒桌上，他当着两家人的面，将临走前厂里发给他的"先进"奖状撕得粉碎，然后痛骂厂领导"不是东西"："我'下力'时，他坐在办公室里，口口声声夸我干得好，骗我使劲儿干，现在遇到改制，他依旧在办公室里，以前的好话绝口不提，大笔一挥就让我息岗。凭什么？王八蛋！"

我父亲问他今后的打算，他气呼呼地"哼"了一声，说，有啥打算？咱是正儿八经国企职工，不是"大集体"，也不是"临时工"，只要不坐牢，谁也不能把咱开除，"领导不是说了，改制完了还要叫咱回去上班吗？我就等着，权当给自己放个长假休息休息了"。

我父亲劝他还是做好两手准备："改制时间短还好，万一真拖个两三年，怎么办？又万一，改制虽然成功了，新领导不让你回去，你又能咋办？"

想不到这句话激怒了小赵叔叔，他"啪"的一巴掌拍在桌子上，把烟灰缸都震到了地上摔碎了——

"他敢！到时看我不干死他全家！"

1997年年初，久等"回厂上班"的消息不至，我母亲和几个同样息岗的老同事开始琢磨着找点事情做。

"一个月100多块钱的下岗补贴，你爸单位那边情况也不乐观，你又要上学，处处需要钱，不想点办法不行啊……"后来，母亲回忆道。

于是，我母亲和几个同事一起去西市场批发了一些袜子、毛巾、内衣，趁晚上拖到宿舍区外面的夜市上卖。夜市原址曾是周围几个国营工厂共同兴建的"职工俱乐部"，以前有舞厅、卡拉OK和小电影院，后来企业纷纷倒闭、破产、改制，俱乐部无以为继，职工们更没钱去消遣，逐渐变成了小摊贩的聚集地。

夜市上，我母亲常遇见同样息岗在家、出来摆摊的老同事们。有些人就算不认识，稍一搭话，回答无外乎是"肉联厂的""酒精总厂的""造纸公司的"，再一深聊，大家说的也都差不多："唉，没办法呢，单位不行了，咱还得过日子，混口饭呗……"

小赵叔叔会开车，息岗之后小刘阿姨就劝他出去跑出租，他不愿去；我母亲也劝小赵叔叔和她一起干，小赵叔叔只说需要进货了就叫他，随叫随到，但就是不愿一起卖货。我母亲的老同事揽到给饭店送菜的活，通过母亲联系小赵叔叔，说想一起搞，算他一份钱，但小赵叔叔仍旧对此嗤之以鼻。

一开始，我母亲以为小赵叔叔另有打算，便也没再多问。可一次和我父亲酒过三巡后，小赵叔叔终于说出了真心话——他之所以不参与，是因为我母亲他们在外找的这些活计，在他眼里统统都是"闲篇子"。

"那是些什么工作？摆摊？卖袜子？倒腾蔬菜？咱是国营大厂铁饭碗啊，我还连续三年是厂里的'优秀职工'，很快要提干的，像他们那样在街上被人呼来喝去？丢人！"他伸出三根手指头，先冲我父亲挥舞几下，又冲坐在一旁看电视的我比画。

"闲篇子？人家闲篇子能挣钱养家，你倒不是闲篇子，拿钱回来啊！"小刘阿姨气得摔门而去。

5

小赵叔叔和小刘阿姨的婚姻没有持续多长时间。1998年，我读小学四年级时，他们突然离了婚。我父母怎么都不肯跟我细讲他们离婚的原因，我也就再没见过小刘阿姨和他们的女儿。

那段时间小赵叔叔几乎天天来找我父亲喝酒，我在他醉酒后的只言片语中大体听出,小刘阿姨从厂子的车间去了厂办子弟学校当了老师后,就看不上他了,"傍"上了学校的领导,把他甩了。

小赵叔叔时常醉酒后趴在我家餐桌上痛哭。一边哭一边对我父母抱怨说:"当初那个女人口口声声说不嫌弃我的家世,要跟我过一辈子,结果到底还是嫌我穷,为了能'上位',去给校领导当小三,把我甩了不说,还把我女儿也带走了……"

有时他还会突然把我叫到他跟前,瞪着通红的眼睛,拍着桌子冲我喊:"小子,你给我记住一句话:女人就是狗,谁有本事谁牵走!"

我父亲就急忙把我推走,然后吼小赵叔叔,让他别在孩子跟前胡说八道。我虽听得云里雾里,但因为从小就跟小赵叔叔亲近,那时只觉得小刘阿姨真不是个好女人。

等我上了六年级,想不到竟然又见到了小刘阿姨——那年学校开设了英语课,英语老师正是她。

小刘阿姨当然还记得我,对我也十分照顾,但我却对她满怀着恨意。为了报复她,我总是在英语课上故意扰乱课堂秩序,给她找麻烦。终于有一次,我因为带头起哄,被她叫起来批评,我当着全班同学的面喊了她一句"二奶"。她被气哭了,我很快被学校请了家长。

那天我母亲从学校回来,二话不说就把我往死里打了一顿。然后她打电话给小赵叔叔,在电话里把他也狠狠骂了一顿。

从那之后，小赵叔叔很久都没再来我家，我母亲也没有主动叫他来。有时我父亲一个人无聊，想叫小赵叔叔过来喝一杯，母亲就会无缘由地吼父亲说：吃饱了撑的，没朋友了吗？偏要叫他来？

很久之后，母亲才告诉我她那么生气的原因。

那天在学校，说完我的事情，小刘阿姨专门找了一间安静的办公室，一五一十地把自己与小赵叔叔离婚的原因告诉了母亲。

早在结婚前，小刘阿姨就是车间唯一的大专生，她不甘心一辈子混在车间，婚后第二年便报了电大，一边上班一边考专升本，连怀孕期间都没停下学习。拿到了本科学历后，因为厂里的子弟学校正好缺英语老师，她学的又是英语专业，便调来当了老师。

厂子破产改制，子弟学校也被移交给了地方教育局，小刘阿姨转为了事业编制，工资一涨再涨。而小赵叔叔却迟迟没有等来厂里"回去上班"的通知，每月100多元的"息岗补助"让他在家里实在抬不起头来。他其实是个很好面子的人，因为这事，更是成天借酒消愁。

后来，小赵叔叔不知从哪儿听说了小刘阿姨受学校领导"照顾"的传闻，更是怒上心头，酗酒成瘾，每天不到中午便呼朋唤友，从午饭喝到傍晚，然后换一家再喝。晚上喝醉回家就找茬跟小刘阿姨吵架，只说让她别在学校干了。中间有几次两人还动了手，日子实在是过不下去了，小刘阿姨这才生出了离婚的念头。

小刘阿姨对我母亲说，她并没有像传言中那样"傍上了校领导"，之所以离婚，就是因为小赵叔叔的不争气让她实在气不过："息岗两三年了，别人都在想办法赚钱，摆夜市、跑出租，有的干脆趁年轻辞职南下或北上打工。而他成天就知道喝酒骂领导，或是拿老婆孩子出气。"

离婚时，两人都不过三十出头，学校也有不少人给小刘阿姨做媒，她都没答应。她说只要小赵叔叔改了酗酒的毛病，出去找份能养家的工作，她就带着女儿回去跟小赵叔叔复婚。

那天我母亲从学校离开便去找了小赵叔叔，给他转达小刘阿姨的想法。本以为小赵叔叔听了会幡然醒悟，没想到他竟瞪着醉醺醺的眼睛冲我母亲骂道："那个贱女人被领导玩够了，甩了，这才回来找我，我是好马，绝不吃回头草！"

当时屋子里还有几个小赵叔叔的酒友，一群人借着酒劲儿起哄，问我母亲到底收了小刘阿姨多少好处。我母亲一怒之下摔门走了。

小刘阿姨等了小赵叔叔四年，直到我初二那年，她才彻底心灰意懒，嫁给了市中心医院的一名医生，从此与我家断了联系。

6

多年之后，母亲跟我回忆起小赵叔叔的往事时，时而埋怨小赵叔叔"不思进取"和"大男子主义"，说他抱着"国营大厂职工"的名头死要面子,时而又感叹,如果小赵叔叔早生三十年,没遇到国企改革那该多好。

"你赵叔叔是个很好的人,做人实在,干活肯'下力',但是有一点不好,懒!"这句话母亲常挂在嘴边。小时候我不明白,一次课上老师让用"但是"造句,我就把这句话学给老师听。老师说我的逻辑不对,既然"干活肯'下力'",怎么还会"懒"呢?我回家问母亲,母亲说,你赵叔叔的"懒"不是不肯下力气的"懒",而是不肯动脑子的"懒"。

小赵叔叔初中只读了一年便没再念了,他说自己是榆木脑袋,一看书就心烦。刚上班时,他凭着年轻人的一身蛮力做活,领导觉得他又实在又肯吃苦,有心提携他,先是连续三年给他评了"优秀职工"、年年发奖状,后来又把他从搬运队调到了车间,想让他学点技术,留待以后慢慢培养。

但小赵叔叔就是不愿学技术,说自己学不会。厂里办的培训班他总逃课,有一次厂里送青年职工去青岛学习,为期五天,他只待了半天便不见了人影,领导骂他,他就说,别人学会了就行,学会了指挥他干,他绝对干得好。

我母亲给小赵叔叔当师父时,曾教他开"行车"(装在厂房或厂区上空,可以移动的起重机械。又称天车、航车),小赵叔叔倒是不怕车厢里冬冷夏热,就怕我母亲给他讲解操作规程:"就那几个'把子',知道前后左右上下不就行了,管那么多干啥?"

结果等他第一次自己上手操作,行车直接就撞到了车间墙上，撞坏了限速器，被厂里罚了2000块钱，勒令转岗。

"别人干学徒工，大多一年就能出徒，你赵叔却足足干了三年，为啥？他到死都看不懂图纸，别人不指挥他，他就干不了活。他说自己学历低学不会，可是和他一起干'下料'的小吴，小学毕业就进了厂，人家就是自己学，看书、找技术员问，当年就出了徒，活干得不比老职工差，人家能学他怎么就不能学？"

长此以往，小赵叔叔的一身蛮力，不仅无法抵消技术上的无知，反而常给自己惹麻烦。

"有一年车间赶一批急件，按件数给奖金，你赵叔主动请缨，自己一人干了一宿，搞出来200多个。领导起初很高兴，想奖励他，结果技术员一看就急了，原来他根本没看懂图纸，200多个件全干错了……"后来，小赵叔叔不但没拿到奖励，还被领导罚了款，他为此跟车间闹了半个月，到头来还是只能乖乖认罚。

每次我母亲劝他学点技术，他就反过来呛我母亲："咱这可是铁饭碗，到点儿他们就得给咱发工资，我技术不好又不是不干活，厂里还能把我开除了不成？"

"国营大厂以前确实是个'铁饭碗'，只要你不被判刑，可以在厂里混一辈子。这个干不了可以干那个，都干不了还可以去后勤蹲着，工资照拿。你赵叔当年认死了这一点，结果最后还真就死在了这上面……"

正如我母亲说的，当国企改革大潮到来、厂子要"轻装前进，渡过难关"时，小赵叔叔顺理成章成了第一批息岗的人。即便他心里依旧"以厂为家",但厂子早已容不下他了。

7

老厂子1998年完成了破产改制后,包括我母亲在内,以前息岗的工人大多又陆续被召回到了厂里工作,小赵叔叔虽然迟迟没有接到厂里召回的通知,可他一直把自己当作"厂里的人",坚定不移。

"当年你赵叔叔虽然息岗在家,但我们还是能时不时在厂里见到他。"母亲说,小赵叔叔去厂里就两件事,一是去找领导询问自己什么时候可以回来上班,二是去厂门口的公告栏,看厂里近期有什么集体活动。

开始时,领导还是笑眯眯地应付他,说改制还未结束,等有消息了肯定第一个通知他。后来他去的次数多了,领导逐渐不耐烦,有时避而不见,有时两三句话打发了他。

按惯例,每年年底厂里要开职工大会,即便在改制的日子里,厂里也会把所剩无几的"留岗"职工召集起来开会。那时候,小赵叔叔会不请自来,坐在开会的大礼堂里,还专挑靠前的位置坐。每次总公司来的领导让职工发言时,他都会站起来,说自己代表为企业"轻装前行"而息岗在家的职工们提个问题:厂子何时能够完成改制,让大家回来上班?

最初不明所以的大领导以为小赵叔叔真的是"息岗职工代

表"，便一本正经地跟他讲解"当前改制的进度""改制中遇到的困难"或者"企业针对息岗职工的政策"，但后来知道他所"代表"的完全是他个人，便很生气，直接把他赶出了会场。

小赵叔叔气得站在大礼堂门口骂娘，说自己虽然息岗在家，但没被厂子开除，还是厂里的职工，凭什么不能参加职工大会？是不是厂里准备悄无声息地"把息岗在家的职工当大鼻涕甩了"？

他的话在那个人心惶惶的时期引发了连锁反应，一些和他同样息岗的职工也去厂里跟他一起"讨说法"，以至于厂里不得不专门把"职工大会"改为"在岗职工大会"。

"他这样做，也相当于帮助同样息岗的职工向厂里施压，应该会有人买他的好，不至于去世的时候那么冷清啊？"我这样问母亲。

母亲说，当时确实有人觉得小赵叔叔"仗义执言"，和他走得挺近，但后来因为一件事，却让厂里的人多少埋怨上了他。

1999年，小赵叔叔一次醉酒后和别人打了一架，派出所出警后把他抓了，在做笔录材料时，民警问他平时做什么，他酒还没醒，迷迷糊糊地说"在家闲着"，民警就在"职业"一栏里写了"无业"。

不想在最后的当事人签字捺印环节，醒酒后的小赵叔叔看到了"无业"二字，非常不满，说自己是XX厂的职工，不是无业，还要民警带他回家拿以前厂里发给他的工作证。"职业"不是什么重要信息，民警懒得跟他跑，便给他改成了"XX厂XX车

208

间职工"。

对于民警来说，这是一个无关痛痒的信息。但对于国有企业来说，这却是一个相当敏感的问题。因为兼并了厂子的上级总公司对下级分厂有一个考核指标，叫作"治安稳定奖"。按照总公司的管理章程，下属分厂如果全年内无任何职工因违法犯罪被警方处理，年底便能获得一笔奖金，分发到个人，领导干部可以拿到几千元，一般职工每人也有几百元。

而小赵叔叔，是那年整个厂子里唯一因违法被警方处理的人。年底，当全厂干部职工都在眼巴巴盼着这笔奖金的时候，总公司突然下达通知："据举报，XX厂职工赵XX在1999年X月X日违法被警方拘留，经总公司核实，取消该分厂治安稳定奖的评选资格。"

母亲说，后来在全厂职工的要求下，厂领导去总公司说明情况，但总公司领导只说了一句话就让厂领导哑口无言：息岗职工也是你的职工，没有解除劳动合同，他做的事情你们就要担责。

这明显是总公司不想给分厂发放奖金的托词，但小赵叔叔却记住了总公司领导的前一句话——"息岗职工也是你的职工"。他很高兴，逢人便说还是总公司的领导觉悟高，还记得他。

但全厂职工却记住了后一句话。

"现在看几百块钱不多，但那时对于普通工人家庭来说，也是一笔不小的数额，很多人已经计划好年前用这笔钱干点什么，结果因为你赵叔叔，计划全落空了……"母亲说。

当时厂里骂声一片，有人甚至说要"收拾"小赵叔叔，从那以后，便没有人愿意和小赵叔叔走近了。

8

也是在 1999 年，我父亲也在原单位办理了停薪留职，下海创业。那年是小赵叔叔息岗在家的第三年，他每月仍旧拿着微薄的补贴，偶尔打些零工，日子已经有些难以为继了。

我父亲身边缺少人手，便问小赵叔叔愿不愿意跟着自己一起干，小赵叔叔同意了。

父亲是搞技术出身，创业做的也还是技术类工作。我母亲有些担心，怕小赵叔叔干不了，父亲却说没关系："我可以带着他，慢慢学。"

但我父亲的愿望最终还是落了空。2000 年刚过，他就和小赵叔叔大吵了一架，吵到两人差点儿动手干仗，最后小赵叔叔拂袖而去，说再也不跟我父亲打交道。

提起那次吵架，父亲只是对我叹气，说自己真的想帮一下小赵叔叔，但最后却帮出了仇人："教什么都不愿意学！一个很简单的活，我给他演示了八遍，每一遍他都看两眼就说会了，然后给我搞得一塌糊涂……"

小赵叔叔依旧喜欢喝酒，却不再找我父亲喝。在酒桌上，他经常向酒友抱怨，说自己当年好歹是国营大厂的正式职工，一天工作八小时，一周工作五天，工资到点就发，"现在可好，变成给私人老板干活的打工仔了"，经常加班加点不说，还要时不时看老板脸色，"想起来窝囊得很"。

这话传到了我父亲耳朵里，他生气极了。我父亲觉得自己开给小赵叔叔的工资已经很"够分量"，远超过小赵叔叔为自己创造的价值，于是就找小赵叔叔谈了次话。不想小赵叔叔火气更大，借着酒劲和我父亲大吵了一架，新账旧账全翻了出来。

"一天工程上出了事，我带他去抢修，提前一晚通知的他，他第二天中午才来，酒都没醒。到了施工现场，我和带去的工人都在干活，就他在一旁抽烟看戏，回来之后我说了他几句，没想到他脾气比我都大！"

小赵叔叔则说，那天是周末，本该休息，天又下大雪，什么事情不能等到工作日解决？

"按他那说法，他是大厂职工，周末不出工，下雪要休息——我还是立过功的军转干部呢！身份不如他？有单位的时候啥都好说，现在自己出来谋生计，谁管你以前是干啥的？饭都快吃不上了，还谈什么福利待遇！"

吵完这一架，小赵叔叔就撂挑子不干了。

当晚，我父亲在家跟母亲感叹说："都是国企出来的，其实我心里很理解他，年轻时靠力气吃饭，不求上进也无所谓，厂子不垮咱就有饭吃。结果年纪大了，力气也用得差不多了，准备享受胜利果实了，厂子却突然垮了。回头看看，才发现自己啥都不会。但习惯已经养成了,再让你重新开始,难啊……"

9

时间再往后,当年息岗后离开厂子的职工,有人创业当了老板,有人炒股发了财,还有人跑货运开了物流公司。我父亲下海后赚到的钱虽不算多,但维持家庭开销后也能少有结余。

可是在小赵叔叔眼里,我们全是"薅社会主义羊毛"的坏人。

直到2003年,息岗五年后的小赵叔叔才得到了"回厂上班"的通知。听我母亲说,那还是街道办与原单位反复交涉后的结果——因为小赵叔叔被查出了肝病,需要医保,可只有上班才有收入和医保,否则他连治病的钱都拿不出来。

只是,小赵叔叔人虽然回去了,但厂里却没有让他再回车间,而是让他在保卫处挂了一个名,平时就在家属区当保安巡逻。

和我父亲闹僵后,小赵叔叔跟我也没那么亲近了。后来我们家搬离了厂子家属院,大家见面的次数就更少了,偶尔回去办事见到他,他也不再喊我"小么子",而是叫我"小资本家"了。他老得很快,年轻时精壮挺拔的小伙已成了一个接近300斤的谢顶胖子,骑在一台小电动车上,几乎把车身压垮。

他会留我在他的门卫室里吃饭,还依旧喜欢喝酒,两杯酒下肚,拍着胸膛向我炫耀说,现在全家属区一共有12名保安,只有他是保卫处的"正式编制",其他都是厂里雇来的临时工。

可我却慢慢不愿再和他聊天了，因为无论聊什么，最终都会绕回到同一个话题——国营大厂当年为什么会垮？"就是因为像你父亲这样没有集体观念的人太多，才搞垮的。"

小赵叔叔一本正经地告诉我：以前什么人才当"个体户"？都是那些坐过牢犯过事、找不到正经工作的人走投无路了才去当，结果现在反而这帮人赚钱了、出息了，没人肯在厂里"下力"，最后厂子垮了，他们这些为厂子奉献了青春的人都被扔到了街上，让人笑话。

有几次我忍不住和他争了几句，他争不过，便气呼呼地说："要再来次运动，你们这些人都是'小狗崽子'，要被送去大西北劳教的！"

我把这些话讲给母亲，母亲让我别跟他一般见识，以后也别和他争这个。我问母亲："小赵叔叔以前一直在车间，怎么就去当保安了？"

母亲苦笑说："如今，你赵叔除了保安还能干啥？改制后厂里上了自动化生产线，全是电子设备，电脑上操作，连行车都用遥控器了。回厂之后他不是没去找过领导，领导也让他学了三个月，可他就是学不会。"

"大家都是培训考证，没有资格证就不能操作。现在'下料'用的都是机械臂，他力气再大能有机械臂大？"母亲叹了口气接着说，现在厂里都是绩效考核制，哪个部门都不想养闲人，他能去当保安不错了，过几年，厂里的后勤一旦交给地方物业公司，他恐怕连保安都没得当了。

大学毕业前,我又见了一次小赵叔叔。他问我想好去哪儿工作没有,我说还没,他说:"厂里有政策,正式职工的子女如果有本科学历,可以优先进厂工作,你妈也快退休了,赶紧去厂里找领导活动活动。"

他把"正式"二字说得很重,还劝我不要过于看重自己的学历,"现在想进厂工作,要么当兵,退役后父母一方单位无条件接收;要么接班,享受大国企在职职工子女就业方面的优惠政策"——至于学历,"能有啥用?硕士博士也不一定能进得来"!

我说想趁年轻出去看看,读书也好、工作也罢,不想再走父母的老路。他就说我"没出息""不识时务","以后可是要吃苦头的"。

后来听说我当了警察,他的态度又变了,说我真听他的话,捧上了"金饭碗",这辈子不用愁了。再后来当他听我母亲说我回高校继续深造时,脑袋晃得像个拨浪鼓,说,这孩子废了,"脑袋被门夹了"。

再然后,我就收到了他患病的消息。

10

其实这些年，我家和小赵叔叔已经渐行渐远。

2013年年末的一个深夜，我正在派出所值班，突然接到家里电话，赶忙接起来。母亲在电话里说，赵叔叔因为殴打他人和故意损毁财物被辖区派出所抓了。

那天晚上，小赵叔叔在保安室里喝了酒，要去单位领导家里"讨说法"，两个同事阻拦他，他不但打伤了两位同事，还将保安室砸了个稀巴烂。派出所民警从警综平台上查到了小刘阿姨的电话，打通电话，小刘阿姨却不管，只把我家座机号码给了警察，让警察找我们。

电话是我父亲接的，他几番犹豫，最后还是和母亲连夜去了派出所。他们在派出所并没见到小赵叔叔，向民警询问情况，民警说小赵叔叔砸玻璃的时候自己也被割伤了，现在正在医院急救，两个被他打伤的保安同事倒无大碍，已经做完笔录回家休息了。

我父母刚松了口气，民警又说，小赵叔叔砸坏的保安室监控设备很贵，他可能要被刑拘。母亲听罢，急忙给我打电话，想问一下这种事情派出所会怎么处理。我想了想说，单位追究的话他肯定要去坐牢，不追究的话赔点钱做个检讨也就算了。"你都退休了，就别管这事儿了，联系一下保卫处的领导，交给他们去办吧。"

我实在不想父母再为这个人操心了。

那晚，小赵叔叔之所以要去找单位领导"讨说法"，是因为当天上午他得到消息，小区居民和保安同事多次举报他上班时间在保安室里酗酒，他 4000 块钱的年终奖金可能不保。

他当天下午便去找了保卫处领导，要求领导"给他一个说法"，领导拿出条例说，"上班期间违反规定喝酒"按照规矩就是要处罚。小赵叔叔又跟领导拿"我是全民所有制职工"说事，领导说，扣发奖金已经是看在企业老职工的面子上了，换了其他人，直接就要被开除的。

小赵叔叔越想越气，当天晚上又在保安室里喝醉了，借着酒劲搞出了之后的事端。

我父亲又去了趟医院帮小赵叔叔垫了 3000 块钱的医药费，小赵叔叔说发了工资马上就还。父亲表面上劝他不用着急，先把伤养好，心里却明白：这事儿厂里真追究起来，谁知道你还有没有机会领到下个月的工资了。

小赵叔叔没有去坐牢，只是被保卫处除了名。母亲说，那 3000 块钱医药费他后来还了，还钱那天他又来我家想找我父亲喝酒，我父亲没跟他喝。

当然，即使没喝酒，小赵叔叔还是在我家抱怨了一通，他说现在改制改得厂里的人就认钱，动不动就"罚款""扣奖金"，他在厂里这么多年，年轻时任劳任怨，现在年纪大了，养养老怎么了？工资低不说，还没人给他面子，不就是喝点酒嘛，领导给他"上纲上线"……

我父母实在没有耐心听他抱怨，便找了个托词，把他打发走了。

后来我问父母，那晚即便前妻小刘阿姨不管，可小赵叔叔有那么多亲戚，也没道理找你们啊。父亲说，其实那晚派出所联系了很多人，但一听是他喝酒闹事，都说不管，其中包括小赵叔叔老家的亲戚，后来说赔钱的时候，更是没人出面了。

我父母也是事后才知道，其实他家里的那些亲戚早就不再和他走动了，那个小时候曾在我家借住过半个月的侄子，就在家属院的邻街和小赵叔叔的大哥开着一家火锅店，但他们也躲着小赵叔叔好多年了。有时在街上遇到，最多也就打个招呼便匆匆走开。

"当年厂子效益好的时候，小赵老家的亲戚隔三岔五就要上他这儿来，有时在单身楼上找不到他，还找到车间去，你看现在……"母亲有些唏嘘。

新年过后，小赵叔叔的骨灰被他的女儿送回了老家，那张贴在厂门口公告栏上的讣告，很快就被别的通知覆盖了。

民警深蓝之人间赌场连载

每个人都知道"十赌九输""十赌九骗"的道理,但当身入赌局时,却又总认为自己也许会是那少数的幸运儿。

赌博案件是公安机关日常工作中的重要内容之一,在我工作的这些年,我还从没见过"幸运儿"。

"牌九推倒的是良知,色子扔出的是灵魂。"当把身家性命押在赌桌上的那一刻,良知、灵魂甚至人性都无从谈起了。

死在赌局上的拆迁户

1

2013年年底，公安局接到举报称有一伙人在野外搭窝棚聚赌，等我们冲进现场时，赌徒们立刻像一群受惊的麻雀一样四散奔逃。赌场内一片狼藉，扑克牌、色子、饮料和各种吃食散落一地。

一个男人引起了我的注意，他没有像其他赌徒一样逃窜，而是依旧在赌桌前，慌乱地收拾着面前的东西。

未等他收拾完，同事已经上前把他按住，男人一边挣扎，一边嚷嚷着"等一下"，好让他把赢的钱先装起来。

我还从没见过在这当口还忙着收钱的赌徒，感到有些好笑，于是便走上前去，拍了拍男人，说："你别忙活了，这些钱都是赌资，最后免不了被没收，落不到你口袋里的。"

男人吃惊地看着我问:"一点都不留?"

我点点头。男人四下看了看,猛地抽出一沓钱塞给我说:"通融一下……"

我笑着指了指肩膀上的执法记录仪,说:"全程录音录像,你别指望了。"

男人的脸上满是失望,很不情愿地被同事带到墙边蹲下。民警在桌边拍照、记录固定证据,而男人的眼睛始终没离开桌上的那堆钱。

回派出所的路上,男人一直在车上小声骂人。虽然听不清他骂些什么,但我心里明白,他是心疼桌上那堆刚刚赢到却没来得及收起来的现金——那一堆百元大钞,足有好几万。

那次行动,我们一共抓了17名赌徒,当场查获的赌资将近百万。组织者被判刑,一众赌徒也根据参赌情节的不同,分别被治安拘留或刑事拘留。

那个男人人称老马,询问室里,别人都在极力辩解自己"没带多少钱,只是玩玩"的时候,老马却使劲儿在向民警证明,当时面前的那堆钞票"都是自己的"。

那天他带了两万赌本,赢了不到三万。结案时,老马不仅没有得到那笔"横财",还给自己换来一场牢狱之灾。

出狱之后,老马经常给我打电话,说要公安局把那笔钱"还给他":"网上不是说罚了就不'蹲局子','蹲局子'就不罚吗?我蹲了局子,你们为什么不把钱退给我?!"

我只好跟他解释：赌桌上的钱无论是赌本还是赢来的钱，都属于赌资，按照法律规定，已经罚没并上缴国库，没有"退给他"这一说。

老马见在电话里跟我磨叽没有效果，又退而求其次，说赢的钱不要了，只把本钱退给他就好。我还是说不行，他气得直用当地方言骂娘。

后来，他又跑到省厅去申请复议，但结果还是一样没能要回钱来。硬的不行，老马只好改用软的，隔三岔五打电话求我：

"警官你看，我打工也不容易，在外一年也挣不了三五万，你们这一下搞得我一年都白干了，求你多少退我一点好不好……"

"我老婆问我要钱，说没有钱她就不跟我过了，你就退给我一点吧……"

最后，他干脆跑到派出所门口天天等着我，我去哪里他便跟去哪里，只要有机会拦下我就是一通好话求情，领导开玩笑说："小李你从哪儿找了这么个跟班？"

我都要被他气笑了。

2

老马是本地人，50多岁，高高瘦瘦，一直在外地打工，没有特殊情况，每年只有春节才回来。

离上一次"血本无归"没几个月，2014年春节的时候，老马又被我抓住一次。那天，他和几个牌友躲在一间饭店包厢里玩"翻撒"（一种赌博形式）。我刚进屋，就被老马一眼认出，他表情错愕，怔怔地看了我很久，手里的牌都忘了丢。

在派出所讯问室里，老马又冲我嚷嚷，说我是"扫把星"，他今天输了不少，刚刚"来火"（转运）开始赢钱，就又被我"戳了局"。同事听他说得不像话，吼了他一顿，他才悻悻地闭上了嘴巴。

同样的处理程序，一桌赌资都被没收，然后是十天的治安拘留。那次，老马又损失了大概两三万，不过这一次，老马没有再找我说退钱，只是私下里给我起了一个外号，叫"黑皮狗子"。

老马的家在我管片的边缘、国道旁的一片城乡接合部里。我去过他的住处，那是一个破败的院子，不大，屋顶上已经长了草。院子是老马岳父母传给他们夫妻的，几十年没有变过样子。岳父母去世后，老马和妻子在外打工，便把院子租了出去。过年时，租户退租回家，老马妻子为了不空着房子，便又短租给了附近养殖场看牲口的留守工人，老马一家和他们挤在一起，院里堆满了各种东西，充斥着各种味道。

老马家的房子在附近属于破败得比较显眼的，连同村"五保户"的房子都比他的好。不熟悉老马的人以为他家里很穷，但熟悉老马的人说，他其实是一个蛮能干的人。

老马给旁人留下的印象是"做起活来肯下力,手底下也精巧"。朋友说他年轻时南下广东做服装箱包,后来跟着建筑队北上盖大楼,深得老板的赏识,其实这些年也挣了不少钱,但就是留不住——全赌出去了。

"他这家伙,就不能回老家过年,一回来就赌,一赌就输。只有一年工地上忙没有回家,才终于攒了一笔钱。但没想到第二年回家,又输进去了。"

老马的妻子和他一起在外打工,提起老马,语气可怜中带着抱怨。她说与丈夫在外打工赚钱很辛苦,日常生活也很节约,有时甚至可以称得上抠门:

"只要有钱挣,真是什么活都干,也不管什么危不危险、累不累,经常在工地上和那帮二十出头的小伙子抢活干……

"2008年,他在工地上伤了腿,包工头带他去医院,结果他对人说把医药费折现给他就行。包工头没法子,给了他两万块钱,他也没去看病,拖着伤腿换了一个地方接着干,到现在走路还是一瘸一拐……

"他在夜市上买双袜子能跟人砍半小时的价,衣服破了补了又补就是舍不得扔,生了病五毛钱一粒的感冒药都不舍得买,每次都是硬扛……"

日常生活异常节俭的老马,与牌桌上一掷千金的老马,形成了如此鲜明的对比。

挣得多花得少,一年到头自然能攒下一笔钱。每年年底回家时，老马的银行卡上基本都会有几万块存款。妻子说，那是老马一年到头最得意的时候，坐在返乡火车上，都会看着手机上的银行卡余额短信乐个不停。

但每年老马也就高兴那么一会儿，因为过不了多久，他便会在牌桌上瞪着被香烟熏得通红的双眼，看着这笔钱一沓一沓地装进别人的口袋。

我跟老马妻子说，你是他老婆，这钱是你们家的财产，他这么好赌，你也管管她呀。老马妻子则苦着脸说，多少年了丈夫一直都是这样，年轻时吵也吵过了，打也打过了，都这把年纪了难道还为这个离婚不成？

一次，我劝老马说，你五十多的人了，打工在外走南闯北经过不少事儿，也应该知道有句话叫"不赌为赢"，辛辛苦苦干一年，好不容易挣点钱，平时连片感冒药都不舍得买，一回来过年在牌桌上半天输个干净，竹篮打水一场空，何苦呢？

老马可能觉得被我这个和他儿子差不多大的年轻民警"教育"，脸面上挂不住，犟着脾气说："我愿意！钱是我挣的，怎么花是我的事儿，要不是这两次被你抓住，我不知道能赢多少！"

我有些生气，冷笑了一声，说："老马那咱走着瞧，在我片区，你只要还上牌桌，我就盯着你搞。"

3

老马属于村里出去打工早的那批人,是村民们口中"有本事""赚到钱"的那群人中的一个。与他同一年代出门打工的村民,现在有的在村里起了高屋大院,有的在市里买车买房,甚至有人回乡之后做小生意当起了老板,只有老马,这么多年生活依旧没有什么起色。

老马有一儿一女,女儿几年前嫁到了外地,过年也不怎么回来,听说和老马关系不太好,原因还是他好赌——当年女儿结婚时,老马没钱置办嫁妆,男方送来了几万块彩礼钱,老马本来答应用这笔钱给女儿买辆车当陪嫁,结果却在赌桌上输了个精光,搞得女儿在婆家一直抬不起头来。

儿子小马在北京打工,还没结婚,也是过年才回老家。说起父亲,小马同样一脸的无奈:"你说,我们一家三口都在打工,按说,即便发不了财,日子也应该过得去,和我们一同出去(打工)的人家,至少已经在老家盖了新房子,我爸年年说'明年赚钱造房子',年年到了关口都没有钱,我说我出钱来造吧,我爸又生气。"

在当地,父亲给成年后的儿子盖一栋像样的婚房,是几辈子不变的"规矩",但凡在村里有点"体面"的人,都会竭尽所能地履行这个"义务"。

和老马聊得多了,我知道他也急在心里,他总是不住地哀叹自己时运不济，混了大半辈子，到现在也没能给儿子盖个婚房，导致儿子至今没娶媳妇。

但老马也总反复跟我念叨几个故事：

"2002年，我在北京工地干木工，和我一起做活儿的那个小胡，一年开了三万块工钱，临走那天晚上和工友们打牌，一晚上又赢了三万块，人家当年带着六万多回的家……

"2007年，我在西安干工地，一个叫'红狗'的家伙，一直和我在一起，说是挣钱回家盖房子娶媳妇，后来有一年就没来，我给他打电话，他说那年过年在老家打牌，一个春节就把盖房子的钱赢够了……

"2010年，同村的张军打工回来，在火车站用两块钱买了一注彩票，结果中了十几万，一下在村里就扬眉吐气了……"

他也想着学那几位工友，希望自己有朝一日，能够靠着节日里的一手好牌，改变多年窘迫的境遇。老马也学张军买过彩票，但后来发现中"十几万"的概率实在是太低，便把目光放在了牌桌上。

原本过年期间牌局就多，外出辛苦一年的村民们大多手中有些积蓄，又没有什么其他爱好，大都呼朋唤友相聚在牌桌前。当然，也有一些人更希望通过自己"豪迈"的牌风，向周围人证明自己这一年"赚了不少"。

节日的牌局在老马眼里，既是"证明自己"的"场面"，又是发家致富的"机会"。但村民们说，其实他们不太敢跟老马同桌打牌：一是老马"玩得大"，动不动就是50块、100块"起底"，有时一局输赢几百上千，"都是朋友，赢他钱的时候蛮不好意思，输给他钱的时候心里疼得像是割去块肉"；二是老马的牌局持续时间太长，"要么自己带的钱输光，要么把别人带的钱赢光，不然他绝不下桌"。

后来连亲戚朋友都不怎么跟老马打牌了，老马也觉得村里的牌局打得不过瘾，便开始四处搜罗参加一些野地里的非法赌局，时间一长，一些以赌博为业的人开始主动招呼老马。亲朋同乡之间的牌局多少还有个限度，大家看在相识的分儿上，一般也不会玩得太过，但野地里的赌桌上都是奔着发财来的陌生人，一掷千金甚至万金也寻常可见。

赌场上的庄家们为了赚钱，往往不择手段。2010年年底的一天，老马的"火"特别好，赢了庄家将近10万块钱，结果"开课"的"校长"指使马仔，以老马"耍诈"为由，将他打了一顿，然后扔到了几公里外的水沟里，他身上带的钱也被赌场"没收"。

就这样，一年辛苦攒下的几万块钱，永远也经不住老马返乡后的几日冲动。连老马也承认，自己也曾赢到过钱，但却根本"守不住"，往往钱在手里还没攥热，便又输了出去，年年都是竹篮打水一场空。

4

2015年春节,老马提前一个多月回到了老家,走起路来器宇轩昂,一看就是又有钱了的样子。

原来,2014年年末,市里下达的"次年旧城改造规划"中,老马家的院子被划进了新城区建设的规划图纸中,按照往年经验,他应该能得到一笔不菲的拆迁补偿。

年底和拆迁关口都是辖区赌风猖獗的时候,以往也并非没有过居民输光存款和拆迁补偿后走上绝路的案例。因此那年年底,局里下文件,要求各派出所严厉打击辖区赌博之风,对那些有过滥赌前科的人,民警必须提前做好工作。

明知道老马烦我,我还是去找了他一次。站在老马家的院子里,我说老马这回你终于可以扬眉吐气了,老房子拆迁,按照目前政策,差不多能在市里分你三套商品房,你和老婆住一套,儿子结婚用一套,还能留下一套租出去赚租金:"今年可别赌了,好好规划一下你的钱该怎么花吧!"

有了好消息,老马的儿子和女儿自然都回家来过年,老马破天荒地买了一套体面的新衣服,笑意全写在脸上。听我说话,老马一个劲儿点头,说以前打牌是想借着"火"好赢点儿钱,一步到位把房子、儿媳妇都搞定,"现在房子有了还打个么斯牌!"

说完,老马头一次塞给我一包烟,我一看,是45元的黄鹤楼硬珍品,心想,老马这回真是发财了——要知道,以前他抽的烟从未超过5块钱，每次把他带到派出所，都是他找我要烟抽。

临走时，老马妻子送我出门，我还是有些不放心，嘱咐她这段时间看好老马，眼看一大笔补偿款年后就要到位，一家人境遇可能就此改变，千万别出乐极生悲的事情。

老马妻子点点头，说今年打工赚的钱大部分在她手里，只给老马留了一点儿零花。儿子女儿也交代了周围的亲戚朋友，今年绝不能跟老马一起打牌，不然老马输多少他们就去要回多少。

我这才点点头，离开了老马家。

后来的日子里，派出所按要求组织辖区扫赌，我也确实没有再抓到过老马。同事纳闷说今年在牌桌上怎么没见到老马，我还为他辩解，说老马赌钱是为了赚钱翻盖房子，现在新房子已近在眼前，干吗还要赌？

同事却一脸不屑："小李你有时简直单纯得不像个警察，我这么跟你说，老赌棍改不了的，老马今年肯定还会赌，而且会玩得更大，你信不信？"

我不信。

同事说："那咱打个赌吧，就赌半个月的早餐，肉夹馍配羊肉汤！"

5

那年进了腊月，辖区小广场边的岔路口旁，经常停着一辆破旧的中巴车，挡风玻璃上挂着"XX市—XX县"的牌子，像是一辆等客的县际客运车辆。

起初我没怎么注意这辆车，有几次看到老马一瘸一拐地上了车，我以为他年前要去邻县走亲戚，还跟他打招呼，他却哼哼唧唧地扭头就走。

我没当回事，但没过多久，市运管办的执法人员就找到交警队和派出所来，说怀疑那台车有问题，因为本地运管办的档案里并没有那台车的资料。运管办还说，最近街面上传出风声，说那台车是隔壁县一个地下赌场专门来我市拉客的套牌车，因此运管办要求与交警队、派出所搞一次联合执法，把那台车找出来，查个明白。

我忽然想起老马匆匆上车和见了我扭头便走的样子，心中暗叫不妙——不单是心疼自己要请同事吃半个月肉夹馍配羊肉汤，更要命的是，按照以往经验，这种拉客赌博的"场子"一般都是"杀鸭子"式的——赌局大不说，而且只要赌客进去了，基本不输光不会出来。此外，"场子"里面一般配套有"放码"的人，即便赌客输光手里的现金，还可以当场借高利贷。

就老马那性格，估计这一去就凶多吉少了。

果然，市局治安支队接到通报还在调配警力，辖区医院急诊科的电话就打到了110指挥中心。那天，我接警赶到医院，保卫科的干事对我说："一辆面包车送来一个男的，说是犯病了要抢救，急诊医生上去一看，人都已经僵了，还救个毛线，转头想找那辆面包车,却发现它跑了。"

"送来的人呢?"

"还在急诊室躺着呢!"

我随保卫干事走进急诊室,掀开白布单,一眼认出了老马。

送老马来的那台面包车用的是真牌照,我们顺线追踪,案子很快就破了。在邻县公安机关的配合下,开设赌场的一干人等被抓获归案。经讯问得知,开设赌场的老板知道年关将近,很多外出打工返乡的村民手里攒了一年的钱,数额不少,加上年后我市有几个行政村要拆迁,很多村民会发一笔"横财",因此铤而走险,组织了一批人开起了赌场。

坐在讯问室里的赌场老板承认,老马确实是倒在他的"场子"里的,他知道老马家离这儿不远,怕给自己惹是非,便派赌场"马仔"赶紧把他送去医院抢救,又因为怕警察追查,一听说老马死了,赶紧让"马仔"溜走了。

法医鉴定说老马以前有心脏病史,死因是心脏骤停,估计是死前受了很大的刺激。我问赌场老板怎么回事,他交代说,自己只知道老马那天十分亢奋,最后一把"梭哈",输得不轻。

后来抓获的其他同场赌徒笔录,也印证了赌场老板的说法。

出事之前,老马已在赌场里熬了三天三夜,先是输光了带去的现金,然后找"放码"的人借高利贷,要用那三套拆迁后的回迁房做抵押。"放码"的人知道年后拆迁的消息,也明白老马现在的"身价",二话不说把钱放给了他。

老马拿到钱继续上桌,开始赢回了一些,但后来却一直输。眼看三套房还剩一套,老马心里开始鼓噪。最后一局,他可能感觉自己手中的牌不错,急于"赶本",索性把桌上的钱一把"推了"。

"那局他要是赢了,不仅三套房全回来了,还能再赚辆好车!"

然而,开牌之后,老马却一头栽在了牌桌上。

"他本来觉得自己稳赢,没想到牌就差了一点点,结果全完了。"

我拿着做好的笔录让赌徒看一下,签字捺印。他看到笔录抬头上写的讯问民警姓名时,抬头看了我一眼。

"你就是李警官?"赌徒问我。

我有些诧异,不知他问这个做什么,点点头,把警官证亮给他看。

"嗨!老马最后那把推牌之前还说呢,这会儿可千万别遇到那个'黑皮狗子'李XX来抓赌。之前邪了门,自己以前几次要赢钱了都被李XX'戳了局',这会儿要是再遇到他,自己可是'掉得大'(亏大了)了!"

我愣了一下,然后冷笑一声,不再搭理他,开始心疼输给同事的那半个月早餐。

我被发小坑了一百万

  2008 年 7 月，17 岁的高中生梁冰被人杀死后抛尸在稻田里，案发当天，杀害梁冰的凶手杨平便被缉拿归案，他被捕时，说自己压根儿没想跑。

  45 岁的杨平称，案件事出原因是梁冰之父梁德江骗取了他上百万的财产后不知去向，他本想控制梁冰，逼问出梁德江的去向，不料在控制过程中却失手致其死亡。

  一周后，梁德江被警方缉拿归案，对自己诈骗一事供认不讳。次年 4 月，杨平因涉嫌故意杀人被法院判处死缓，梁德江因诈骗罪被判处有期徒刑 12 年。

  2014 年 11 月，我偶然接触到这个案子，便向同事询问当年的案情，亲历过那起案件的同事在值班室给我讲述了经过。

1

事情得从梁德江和杨平的关系说起。

梁杨两家是世交,从父辈起便在一个单位共事,两家住得也很近。梁德江和杨平年龄相仿,同年上学,同年入读技校,又同年进厂上班,在同一个车间做了十几年同事。身为发小,杨平结婚时是梁德江做的伴郎。2000年前后,梁德江买断工龄后离开单位,在市里盘下了一家店面卖羊蝎子火锅,杨平不仅资助了他3万块钱,还借着自己在单位行政科工作的便利,给梁德江拉去了不少客源。

除了餐饮,梁德江还在火锅店后院包间里放了一些自动麻将机,用来招揽客人。开始时梁德江曾提议把麻将机的"服务费"算作杨平的"红利",杨平并没接受:"你开店借了外面不少钱,还是先回本还了外债,咱兄弟之间不着急。"

不过,三年之后,梁德江的火锅店还是关张了,清完店面,梁德江交给杨平1万块钱,说自己这次赔了不少钱,现在暂时只有这么多,让杨平先拿着,剩下的钱自己再想办法。

杨平没有收那钱,对梁德江说:"你店子倒了现在也没个生计,钱先拿着应个急吧。"当时梁德江的确有些捉襟见肘,听杨平这么说,便拿着这1万块钱去了外地,说是出去闯闯,看外面有没有什么赚钱的机会。

梁德江这一走便是四年多,其间只回过两次家——一次是和妻子办离婚手续，另外一次是老母亲去世——每次都是悄无声息地来，又悄无声息地走。

梁德江刚离家时，儿子梁冰跟母亲生活，梁德江离婚之后，梁冰便跟着爷爷奶奶生活。后来奶奶去世，爷爷身体也不好，梁冰的生活便出了问题。梁德江饭店垮掉后，家里的亲戚基本都不走动了，那些年，全靠杨平一直帮他照应着父亲和儿子。

按理说做生意难免有赔有赚，不是什么大不了的事情，梁家的亲戚为此断了联系，我不太理解。

同事解释说：其实，那时候梁德江外出"找赚钱机会"是假，躲债是真。他开火锅店没能攒下钱，反而背了一大笔债务，债主经常闹上门，找不到梁德江，便去找他家亲戚，亲戚们不堪其扰，便纷纷和梁德江一家划清了界限。

"咱这儿做别的我不敢说，但开饭店基本是赚的。羊蝎子火锅成本不算高，另外不是还有杨平给他在公家单位拉客源嘛，梁德江怎么会欠下那么多钱？"我还是不解。

同事叹了口气："还记得刚才我给你说的梁德江在饭店后院放自动麻将机的事情吗？事情就出在这些麻将机上。"

2

本地人在饭店等人或等菜时，喜欢先"凑一桌"麻将，吃完饭若没"第二场",也喜欢再来几圈麻将。大家也习惯到饭店包间里打麻将,一来包间安静,二来玩到饭点可以直接吃饭。

梁德江抓住了本地人这个习惯,安置那些麻将机本也是为吃饭的客人免费使用,只打牌不吃饭的客人,则一小时收10块钱"茶水费"。

但渐渐地,麻烦就来了。

本地人玩麻将的打法叫"跑晃",经常换人。起初,生意不忙的时候,本身也喜欢打牌的梁德江也会上手玩几局。奔着吃饭来的客人,牌桌上基本都是一起来的熟人,很少缺人,因此梁德江参与的大部分牌局,牌桌上都是只奔着打牌来的家伙,里面既有来消遣的普通人,也有一些职业赌徒——赌徒们觉得火锅店包间比麻将馆更"安全",门一关,打多大"底"自己说了算,即便偶尔遇到警察"临检",还可以推说自己是来吃饭的。

梁德江渐渐和这些赌徒玩到了一起,先是麻将、"斗地主"、"跑得快",再后来就是"翻撒""斗牛""诈金花"。没多久,梁德江便基本不再过问店里的生意,早上一开门,便钻进自家包间里,一心一意赌博。

"他一开始先输'茶水费',之后输饭钱——吃饭免单,再后来便真金白银地输。"同事说,"现钱不够的时候,就让牌友们去前台拿东西顶账。据他自己说,前后一共输了十几万,这还只是现钱,给人免单的饭钱和被人拿走的烟酒就更算不过来了……"

梁德江的妻子平时在厂里上班，全然不知丈夫在店里赌博的事情，直到后来发现账上的钱越来越少，最后连家里的存款也都无故减少，才觉得不对劲——火锅店一直以来几乎每晚都宾客盈门，怎么会越干越亏呢？

一次偶然的机会，梁德江的妻子来店里找丈夫，方才发现了赌博的秘密。为此，妻子和梁德江大吵了一架，梁德江也当场承诺不再参赌，妻子控制了家里的"财政大权"，之后才消停了几个月。

可火锅店后院的牌局还是天天开，梁德江在前院心痒难耐，最后还是耐不住性子，没事儿便跑到后院"看牌"。手里没钱，也不能上桌，牌瘾上来，他只能在一旁急得抓耳挠腮。

牌友笑他"大老爷们治不了自己媳妇"，也有人给他出主意，说牌桌上不必全付现钱，都是"兄弟伙的"，可"赊"、可"借"。

"'赊'就是在牌局上打'现金条'，一张条子1000块，先欠着，等有了钱再还。'借'就是找放码的人借高利贷，这些职业赌徒大多认识一些放码的人，一个电话就能拿到钱。"同事解释说。

说回来，也就是因为梁德江的火锅店在那里，所以赌徒们并不怕他跑路不还钱，才纷纷给他提供"门路"。

就这样，梁德江又被拉回了牌桌。

3

"按说梁德江在自己的地头上打牌，应该也算是个'庄家'，结果却输得一塌糊涂，这'庄家'当得也是有性格啊。"我笑道。

"他算个屁'庄家'，就是一傻Ｘ！"同事说，梁德江的牌友里有几个以赌博为业的家伙，从梁德江重新坐到牌桌上起，他们便认定，这个人"有的搞"，于是便开始想方设法给梁德江"做笼子"。

之后的牌局上，梁德江一直输多赢少，即便有时赢了，过不了几局便又输了回去。为了"赶本"，梁德江先是偷偷找亲戚朋友借钱，后来实在借不到，便在牌桌上打"现金条"、借"码钱"。

"前后又借了十几万吧，后来越输越多，他也彻底没心思管生意了。之前还只是在饭店包间里打，后来饭店被人举报涉赌，派出所抓了几次，没收了麻将机，梁德江便开始跟人跑出去玩。"

到2003年10月，梁德江的火锅店彻底维持不下去了。店面一垮，债主们便纷纷找上门来，其中有以前借给他钱的亲戚，但更多的都是赌博时放贷给他的人。

牌桌上永远翻脸不认人，不论梁德江如何承诺自己有了钱一定还，牌友们仍旧不依不饶，走马灯一样上门讨债。"当时派出所出他家的警比吃饭还勤，有时是家里玻璃被砸，有时是门上被泼油漆，有时是家里电线被剪断。虽然抓了一批，但该来还是来。"

后来梁德江没办法，只好去了外地，名为赚钱实为躲债。他走后第二年，不堪债主骚扰的妻子便和他离了婚。

梁德江在外躲债这四年，没人知道他究竟去了哪里、做了什么，甚至连他的父母都不知道他的行踪。找不到梁德江本人，债主们便继续骚扰一切曾经和他有关系的人，甚至连"发小"杨平也受到骚扰，梁德江的母亲最终在这种日常的惊恐和对儿子的思念中郁郁寡欢，黯然离世。

在他人间蒸发的时间里，当年的牌友和放贷人，有的在之后的严打中落网，有的慑于公安机关的压力外逃，剩余的也只能逢年过节悄悄去梁德江父亲那里窥视一下，看他有没有悄悄回来——其实也没抱什么希望。

谁都没想到，当四年后梁德江重新回来时，他已经俨然换了另一副模样。

4

2007年年底，梁德江回来了，很快便被消息灵通的债主发现。债主们闻讯拿着欠条纷纷而至，本以为梁德江会继续耍赖，但没想到，他二话不说就拿出钱来，当场清了一部分债务，并承诺剩下的很快就还。

从那时起，关于梁德江的传闻便层出不穷：有人说他在外地做工程发了财，有人说他在外地做生意赚了钱，甚至有人猜测他是买彩票中了奖。

对于这些传闻,梁德江一概不予回应。

送走债主之后,他专门带着5万块钱来到杨平家,说其中3万是以前杨平借给他开火锅店的本金,另外两万是这几年的利息。

杨平很高兴,一是发小终于平安回来了,二是之前原以为打了水漂的钱也回来了。那天梁德江还请杨平一家去市里最好的饭店吃饭,感谢在他离家这些年里杨平对他家人的照顾。

当时杨平的日子不过是小康有余,杨平夫妻俩在同一家单位上班,杨平是个中层干部,单位效益还不错。杨平的女儿还在本地中学读高二时,夫妻俩就已在武汉市贷款买了房,为女儿今后去武汉发展提前做好了准备。

即便如此,杨平仍对梁德江的境遇十分好奇。在吃饭时,杨平问起梁德江,是从哪儿寻到的"财路"?梁德江只是神秘地笑笑,并没有当场告诉他。杨平也不再多问,大家在推杯换盏中热热闹闹地吃完了那顿饭。

"后来杨平说,当时他很想知道梁德江的'财路',因为他虽然眼前不缺钱,但心头也有一件烦心事……"同事说。

杨平的女儿学习成绩一般,想考上武汉的好大学还有些难度,眼看要读高三了,杨平夫妻二人盘算着,如果女儿考不上武汉的好学校,干脆直接送出国去。可那样的话,需要一大笔开支,所以那段时间,杨平一直在琢磨去哪儿再弄点"外快"。因此,酒席上,杨平多少也暗示梁德江能否也带带自己。

"梁德江告诉他了？"我问同事。

同事点点头。

几天之后，梁德江又专程找了一次杨平，真给他带来了一条"赚钱"的门路。杨平当时很高兴，觉得梁德江够意思，发了财也没忘了兄弟情义。

但令杨平没有想到的是，他眼中"知恩图报"的"好兄弟"，却给他设下了一个致命的圈套。

5

梁德江直截了当地告诉杨平，自己在外省做的"投资"，就是拿出钱来给到赌场"放码"的人手里，由他们出面放给来打牌但输光了钱的人，后面由"放码"的人负责追债，"利息"双方分成。

杨平一听是这种"财路"，连连摇头，说："这哪是什么'投资'？不就是去赌场放贷嘛，赌场里那帮人复杂得很，咱老百姓哪儿敢和他们打交道！"

梁德江说，一般人确实不敢和赌场打交道，但他之所以敢，是因为认识一个专门在赌场放码的"生死之交"，但具体是怎么个"生死之交"法，梁德江说以后有机会再跟杨平解释。

梁德江又说，自己现在大概"投了二十几万"，杨平问他为什么不先把身上背的债清了，梁德江却说，欠债不着急，这个

"投资"很有赚头，到时候，单是用那二十几万的"收益"就够清账的。

按照梁德江的说法，假如把1万块交给放码的人，"砍头息"2000归赌场，借贷者实收8000元，一周后归还15000，放码者和杨平各分2500。如果投的钱多，这个分成比例双方还能商量。

杨平听说过赌场高利贷利息高，但没想到会高到这种地步："这样算的话，一个月本金不就翻番了？"

梁德江连连说是——所以他现在才不急着拿"本金"还债。

杨平又担心这种"投资"涉嫌违法，梁德江就解释说，人家搞"投资"的人早就把法律条款研究得炉火纯青，这个就是单纯的借贷生意，把钱借给"放码"的人，就像借给做生意的人一样，是同样的性质："真要是有人来查，就说自己只是把钱借出去了，不知道对方具体做什么，这样就不怕违法了。"

梁德江又说，退一万步，即便"有可能违法"，这个收益率也值得杨平"搏一把"，现在外面讲究的是"高风险高回报"："存银行倒是不违法，但那点利息能顶什么用啊？"

见杨平还是有所顾虑，梁德江就提议找机会带他去和自己熟悉的"放码大哥"见个面，到时如果杨平觉得人可信，可以先拿点"小钱"出来试试。

那天杨平最终没表态，含含糊糊送走了梁德江后，自己在家考虑了一整夜。但几天后，当梁德江打电话通知杨平一起和"放码大哥"吃饭时,杨平还是去了。

6

在饭店门口,杨平见到了梁德江口中的"放码大哥",他的衣着和座驾无声地展示着雄厚的"财力";酒席上,"放码大哥"自称姓唐,听口音是四川人,言语中时时透露着自己的"势力"和"关系网"。"唐大哥"也说自己和梁德江是"生死之交",所以"梁德江的好兄弟就是我的好兄弟"。那晚杨平也一直在说客套话,双方自始至终没有谈"投资"的事情。

酒足饭饱后各自散去,之后的几天梁德江都没再联系杨平,反倒是杨平自己有些坐不住了,主动打电话找了梁德江。

梁德江好像明白杨平的心思,在电话里直接把话点破了,杨平也就不再遮掩,说自己想了想,觉得这个"投资"可以试试。梁德江问杨平打算投多少,杨平说先拿1万块钱试一下。梁德江有些为难,说现在找"唐大哥"的人很多,一般10万起步,但他可以帮杨平去说一下,让杨平等消息。

又过了两天,梁德江告诉杨平,看他的面子,"唐大哥"最后同意了。之后他给了杨平一个银行账户,让杨平把钱转过去,又要了杨平的银行账户,说过后会把"本金"和"收益"给杨平打回来。

杨平后来跟我的同事说,自己当时也就是抱着"真的赚个零花钱,假的买个教训"的心态,给"唐大哥"的账户转了1万块钱。一周之后,他就接到"唐大哥"的电话,说这笔钱已经连本带息收回来了,问他还要不要继续做。

杨平心中有些忐忑,说自己"先不做了"。很快,1万块本金和2500块利息便回到了他的账户里。

杨平先是一阵惊喜,但同时也有些后悔,觉得自己不该提现,因此过了几天又跟梁德江说自己改了主意,还想继续"投资"。梁德江也没说什么,只是让他把钱再打回"唐大哥"账户里,杨平照做。

之后的一个月,杨平每周都能收到2500元的"利息",当账户里的"利息"达到1万块时,他悬着的心总算是放了下来,兴高采烈地打电话给梁德江,说想摆酒答谢他和"唐大哥"给自己提供了这条"财路"。

梁德江说"唐大哥"这段时间在外面有"业务"来不了,他和杨平都是"一家人",不用这么客气,吃饭就不必了。

杨平又说,自己还想"加码——加到10万"。

几天后,梁德江回复杨平说,"唐大哥"同意了。

7

杨平很快又将9万块打进"唐大哥"的账户里,一个月后,他的账户里多出了10万块钱。

"杨平做事十分谨慎，开始时他也提心吊胆，担心梁德江和'唐大哥'那边有什么差池，因此当那10万块钱'利息'到账之后，他又把'本金'提了出来。"同事说。

提现过程异常顺利，当杨平说出提本金的要求后，很快收到了银行短信，显示20万全部回到了他的账户。

这下杨平彻底对梁德江和"唐大哥"深信不疑。没过多久，大概是2008年3月，杨平联系梁德江，说自己打算"继续投资，本金20万"，但梁德江却拒绝了。

这大大出乎杨平的意料，他问原因，梁德江说现在"唐大哥"那边"生意"做得很大，为了"规避风险"，50万以下的"投资"都不再涉足。梁德江还隐晦地表示，之前两次，"唐大哥"都是看在杨平和自己的关系分儿上给杨平"破了例"，但杨平的做法却让"唐大哥"感觉杨平不相信自己，没把他当"兄弟"。

杨平赶紧向梁德江道歉，说自己平时谨慎惯了，不是怀疑"唐大哥"，让梁德江帮自己去解释一下。

"那个时候，杨平其实已经'着道'了，他对梁德江说，如果'唐大哥'同意继续给自己做'投资'，他愿意接受规则，拿50万出来。"同事说。

这时梁德江劝杨平说，如果真的相信自己和"唐大哥"，"不如一次性拿一笔大的，赚够算了，省得以后再提心吊胆"。

恰好那时，杨平女儿的"二模"成绩很不理想，杨平夫妇送女儿出国读书的念头也变得越发强烈。女儿留学的理想国家是英国,大学期间的各种花销总共加起来,大概需要100多万。杨平算了一下家里的存款,远不够女儿的留学费用——武汉那套尚在还贷的房子加上家里股票基金之类的理财产品,全卖了的话倒也能勉强够数——但那样的话,今后一家人的生活便捉襟见肘。

最后,杨平也觉得梁德江建议的"一竿子买卖"挺好,按照他们之前给出的"收益率",100万放一个月就能翻一番,而且金额高了"收益率"还能谈。于是他狠了狠心,跟梁德江说自己决定这次就投100万。听说杨平要把全部身家拿出来做"投资",梁德江劝他再考虑考虑。但杨平说不用考虑了,女儿留学这事儿能不能成,就看这笔"投资"了。

梁德江不久就回复杨平说,"唐大哥"同意了,而且"收益率"给他涨到30%,也就是说,本息收益将高达220万——不仅女儿的学费解决了,杨平还能落下一大笔钱。但同时,梁德江也告诉杨平,一次性投入100万,虽然"收益率"上涨,但利息和本金的回款速度可能要慢一些,毕竟催要百万债务"不是一时半会儿能做完的"。

杨平问回款速度会有多慢?梁德江说:"利息大概半月一结吧。"

杨平想都没想就答应了,他以最快的速度将手中的股票基金全部卖掉,把武汉的房子抵押出去,凑够100万,打进了"唐大哥"的账户。

8

"杨平的家人知不知道他做这种'投资'？"我问同事。

"知道，杨平拿这么大笔钱出来肯定会惊动家人。第二次加码那9万块钱时，杨平的老婆就出面阻止过。"

自从梁德江赌垮了饭店之后，杨平的妻子一直对梁德江的印象不好，她觉得赌徒的嘴里没实话，即便是"发小"，如今沾了赌，丈夫也理应和他拉开距离甚至划清界限。

"但人性的弱点就在于经受不住现实的诱惑，谁都知道天上不会掉馅饼，但当真金白银摆在面前时，之前的一切怀疑和恐惧都会烟消云散。"同事叹了一口气。

第二次回款，杨平账户上的20万余额彻底打消了妻子心中的疑虑，梁德江在她眼中，也从一个满嘴谎言的赌徒变成了一个"知恩图报"的好人。

2008年4月1日，杨平向"唐大哥"账户里打进100万"投资款"，按照约定，当月15日，他应该收到第一笔两期合计60万的"利息"。

4月6日，杨平还跟梁德江通过电话，旁敲侧击地问他"回款"有没有问题，梁德江信誓旦旦地说让杨平放心，"等着收钱就行"。

4月15日那天，杨平不停地查询银行账户，却迟迟没有等到那笔钱。他着急起来，打电话给梁德江，才发现手机已经打不通了。杨平又慌忙跑去梁德江的老父亲家里，却发现老人和梁冰也在四处寻找梁德江——原来杨平并不是唯一通过梁德江"投资"的人，在梁家，他见到了四五位和他一样境遇的人，只是金额没有他多。

杨平想都不敢想自己是被骗了，也不敢跟妻子说联系不上梁德江。直到那一刻，他仍自我安慰说，梁德江可能是遇到了什么事情，没来得及跟自己联系。他疯狂地拨打梁德江的电话，一直打不通，又把"投资"原委告诉梁德江父亲，老人也只是绝望地告诉他，自己确实找不到儿子，而且他自己也是不久前才知道，"家里的房子都被梁德江抵押出去了"。

杨平报了警，他跟警察说自己借给梁德江一大笔钱，现在找不到梁德江了，警察问他借款细节，杨平担心自己借钱给人在赌场"放码"会触犯法律，隐瞒了实情。警察不知内情，只能告诉他，公安机关不涉足借贷关系，建议他去法院直接起诉。

时间一天天过去，妻子不断追问杨平那笔"投资"怎么样了，杨平又急又气，但又束手无策。

整整两个月，梁德江都没再联系过杨平，杨平的账户也没有收到过一分钱"利息"。杨平终于面对现实，承认自己被"好兄弟"骗了，工作几十年的全部身家都没了。

"杨平归案之后说，他那段时间一边寻找梁德江，一边找律师打听去法院起诉的事情，律师也让他做好心理准备，因为照以往经验,就算找到人,他的钱应该已经被梁德江骗走挥霍了……"同事说。

女儿的留学成了泡影,武汉的房子抵押期满无钱赎回,老婆开始与杨平无休止地争吵。

"辛辛苦苦几十年,一朝回到解放前",杨平的怒火与羞愤无处发泄,怎么也想不通曾和自己亲如兄弟又受过自己慷慨照应的梁德江为何会欺骗自己。他想到了梁德江的儿子梁冰,他见过梁德江有两部手机,还记得梁冰曾给梁德江另一部手机打过电话,因此杨平坚信梁冰手里有能够联系上梁德江的办法。

杨平找过梁德江父亲,但梁德江父亲坚称孙子也联系不上梁德江。

最终,杨平在学校门口带走了刚刚放学的梁冰……

9

梁德江归案后,承认了自己伙同他人诈骗杨平的全部经过。

在外出的四年里,梁德江确实找过很多赚钱门路,他在江苏干过流水线工人,在福建倒卖过茶叶,在河南干过工地,甚至被骗去广西做过传销。

但这些也只能让梁德江一直过着饥一顿饱一顿的日子——他太想发财了,但凡手里有一点钱,不是寻找当地的赌场,就是疯狂购买彩票,总是妄图以小博大咸鱼翻身,却发现自己始终是竹篮打水一场空。

2006年6月，梁德江在外省一家地下赌场欠下了6万块钱的高利贷，赌场马仔把他带到当地一条河边，声称不还钱就活埋了他。梁德江惊恐万分，苦苦哀求对方只要放自己一条生路，让自己做什么都行。

其实赌场当时也只是吓唬梁德江一下，并没想过为了6万块背一条人命。听梁德江这么说，不但"放了他一条生路"，还给他"介绍"了一个还债的门路——地下赌场老板让梁德江在赌场里当"托儿"，配合赌场，给一些有钱又嗜赌如命的赌客"做笼子"。骗来的钱赌场给梁德江分账，用来偿还高利贷。

梁德江没得选，答应了赌场。他的任务是先在赌桌上骗人，之后再"劝说"赌徒在赌场里借"码钱"。在这个过程中，梁德江结识了赌场"放码"人的"马仔"，也就是后来的"唐大哥"。

梁德江跟着"唐大哥"一伙在赌场"放码"，还曾当场被当地警方端掉、被判入狱了一段时间，但由于两人都不是主犯，刑期较短。

刑满释放后，两人又混到了一起，都没有谋生的路子，又都抱着发财的念头，便决定依靠之前的"经验优势"。

梁德江回到老家，抵押了父亲的房子，弄了一笔"启动资金"，同时四处寻觅诈骗对象。

他先还了一部分欠款，让人们觉得他在外面确实找到了财路，又花钱给"唐大哥"租了一辆"座驾"，专门用来在诈骗对象面前充门面……根本没有所谓的"赌场",也没有所谓的"投资",一切都是梁德江编造出来的谎言。

但此举确实唬住了一些人,并获取了这些人的信任,包括他的"发小"杨平。梁德江归案后交代,从杨平那儿骗走的100万,基本已经被他和"唐大哥"挥霍一空。

"梁德江怎么对杨平下得去手?!"我感叹道。

"梁德江说,他一开始也没想'搞'杨平,毕竟顾忌两人以前的关系,但后来一时半会儿找不到合适的诈骗对象,又得知了杨平的经济状况,便决定对杨平下手……"

"可杨平之前毕竟帮过他啊!"

"决定干这行的人,是不会考虑这些的。再说,这种事情基本就是'杀熟',越是熟人越好获取信任,换作别人,梁德江也不会骗到那么多钱。"

被丈夫砸死的赌徒妻子

2014年春节前的一天早上,辖区医院发生一起医患纠纷。

据报案家属称,患者王琴前一天夜晚在家中不慎摔伤头部,被丈夫刘清送往医院救治。可当王琴亲属第二天一早赶到医院时,却被院方告知,王琴已经脑死亡,只能靠呼吸机维持生命体征。

王琴亲属一时难以接受,坚持认为是医院在救治过程中存在过错,要求医疗事故赔偿。市卫计委立即介入调查,却发现王琴头部的伤情十分可疑,于是再次向警方报了案。

经法医初步勘察判断,王琴头部的伤情的确不是摔伤,而是外力击打所致。那一天,我与同事出警,控制了王琴受伤当晚唯一的在场人——她的丈夫刘清。

经审讯,刘清对殴打妻子并致其重伤的事实供认不讳。

而这,却并不仅仅是一起简单的家暴案件。

1

　　刘清时年35岁，企业职工，常年在外省项目部工作，只有春节才回乡过年，案发时他刚刚返乡第四天。

　　刘清身材高大，在讯问室里一直瑟瑟发抖。面对民警的讯问，他并没有做过多辩解，便承认了案发经过。

　　当晚，刘清因王琴签下的几张欠条，和她发生了争执。两人先是争吵，继而动手互殴，最后，暴怒之下的刘清用家中茶几上的铜制摆件击打了王琴的头部，致其当场昏迷。等他回过神来，才匆匆将王琴送往医院救治。

　　为了防止医生报警，刘清谎称妻子是"跌倒"所致，也未敢告知王琴亲属其受伤的真正原因，直至法医介入，才使他的罪行暴露。

　　讯问期间，我总觉得"王琴"这个名字越听越熟悉。翻阅警综平台，才发现自己先前确实和她打过交道。

　　那是2013年8月，派出所接到举报称，辖区麻将馆里有人赌博，我和同事出警将一行人逮了个正着，王琴就是其中之一。

　　在现场调查过程中，虽然民警三令五申现场人员不要乱动，但王琴还是偷偷闪身进了麻将馆的洗手间，一出门就被拦了下来，我们问她这当口去洗手间做什么，她推说自己内急。

　　出于经验，我和一名女同事便带着王琴返回洗手间，果然，从抽水马桶的水箱里找出了用塑料袋包好的一沓现金，大概有七八千块。

通常，不少赌客都会在警察临检时把钱藏起来。他们普遍认为，只要身上带的现金不超过法律规定的赌博认定标准，自己的行为就只能被定性为"带彩娱乐"，从而逃过《治安管理处罚法》的制裁；等警察走了，再摸回去把钱拿走就行。

我问王琴这些钱是不是她藏的，王琴坚决地摇摇头；问在场的赌客，也没人承认；把麻将馆老板单独叫来问话，更是一概不知。

于是，我们只能把那笔钱拍了照，当作固定证据，准备带回所里等待法制科处置。但就在我们准备带离赌客们的时候，王琴却突然拉住我，说钱是自己的。

我拿着执法仪给她看录像回放，问她刚才为什么说谎，王琴支支吾吾。等我要修改现场笔录，把这笔钱算到她赌资里的时候，她却又一次改口，说，钱是她的不假，但并不是她的赌资，而是她拿来借给同桌牌友杨姐的。

再把杨姐叫过来问话，杨姐矢口否认这笔钱是自己找王琴借的，转身就跟王琴对骂起来，气急败坏地骂她是"栽赃""太缺德了"。

好在当时有警察拦着，两人才没动起手来。

等到了派出所，王琴才不情不愿地承认说，当时她说那笔钱是借给杨姐的，一来是为了钱不被认定为她的赌资，二来还指望着，如果那笔钱被我们认定是杨姐"借的"，即便没收了，杨姐之后也得还她。

"看来你也是'老油条'了啊，连我们的办案流程都摸清了！"我质询她。

王琴没说话。

警综平台上有关王琴的记录还不少，全是因为涉赌被处理的。我问她："这么个玩法，家里人不管吗？"

王琴还是没说话。

那笔钱最终被认定为王琴的赌资，被公安机关依法收缴。王琴本人也因涉赌被派出所治安拘留五天。

移送拘留所前，我问王琴要不要通知亲属，王琴说不。

我当时就想见见她丈夫，但王琴说，自己的丈夫常年在外地"会战"，来不了。我记得一旁的同事还插话说："老公在外地辛苦赚钱，你就在家使劲打牌，不怕你老公回来找你算账吗？"

王琴就一直低着头，一句话也不说。

2

根据刘清的交代，两人动手打架的原因，正是源于王琴赌博。刘清和王琴七年前通过熟人介绍认识并结婚，那时，王琴看中了刘清国企职工的身份，工作稳定；刘清则看中了王琴相貌清秀，为人踏实。结婚第二年，两人就有了儿子。

婚后的几年，夫妻俩琴瑟和谐，刘清在单位上班，王琴在家中带孩子，刘清的工资基本可以应付家里的生活开支，二人还贷款买了一辆小轿车。

　　儿子日渐长大，花销也在不断增长，家里经济上不免有些捉襟见肘。2011年年底，单位有外派工作的机会，刘清便和王琴商量，想报名参加。

　　"当时她还不太愿意，我们两口子那时感情很好，她舍不得我一走一年……"刘清说。

　　王琴婚后一直在家，没有稳定的收入来源，刘清的工资虽然暂时可以支撑，但想到以后随着孩子的成长，各类花销肯定会渐渐增大，迫于经济压力王琴只能同意了。

　　2012年年初，刘清便跟着单位外派的队伍离开了家。

　　刘清外派的项目部距离老家几千公里，平时工作繁忙，很少有休假的机会，夫妻二人的日常交流只能靠刘清晚上下班后的电话和视频。

　　开始的半年，夫妻俩几乎每晚都要联系，刘清会讲讲自己工作中的见闻趣事，王琴则会"汇报"一下家中情况。

　　当时刘清的同事还跟他开玩笑："跑出老家千把公里了，脖子还被老婆牵着。"刘清听了就光是笑，脸上堆满了幸福。

　　大约从2012年8月开始，刘清渐渐感觉出了妻子的异样。

　　"以前，我们几乎天天晚上视频，但差不多从那时开始，我晚上给她发视频总接不起来，打电话聊不上几句，她就说有事要挂，先是偶尔几次，后来就越来越频繁……"

家中亲戚给刘清打电话，旁敲侧击地说，王琴晚上总是把孩子丢到亲戚家，自己一个人跑出去，一去就是一晚上。刘清问亲戚王琴去哪儿了，亲戚们都说不知道。

刘清心中疑惑，便直接向妻子询问。王琴倒也没瞒他，说自己在家中带孩子实在无聊，晚上被几个朋友约着一起打麻将去了。

刘清当时也没在意，只是随口交代了两句："玩玩就行，别打得太大。"王琴让刘清不用担心，说都是朋友攒局，只打"1块钱（底）"的。

就这样过了大半年，王琴开始时不时在聊天中告诉刘清，说自己"火太好，昨晚赢了1000"，又或者"今天手顺，又赢了300"。

刘清起初有些担心，尽管王琴跟他说的都是"赢钱"，但他从赢钱的金额上意识到，妻子的牌局已经越来越大了。

刘清也问过妻子在牌场上输了多少，王琴就总是说自己"牌火正"，只是偶尔输一点，有时是不输不赢，"总体算下来，肯定还是赢的多"。

王琴还一个劲地安慰丈夫说"自己心里有数"，感觉"火好"的时候就多玩会儿，感觉"火不好"就不玩儿，平时输赢都有"计划"，绝对不会有问题。

"都有'打牌计划'了，你还觉得王琴打牌只是为了'解闷'

吗？"我问刘清。

刘清低着头，没回答我。但他的态度很明显——听妻子这么说了之后，他不仅没有因妻子打牌的事再纠结，还劝王琴把打牌赢来的钱存起来，"等年底置个大件"。

此后，再有亲戚给刘清打电话，说王琴不管孩子总往牌场上跑时，刘清不但不再当回事儿，甚至还在心里觉得，妻子隐隐有些"赌神"的影子——"打一晚上牌比自己上一天班赚得都多！"

没多久，家中的亲戚也不再跟他说王琴打牌的事情了。

3

然而，等2013年春节前刘清回到家时，却发现情况有点儿不对。

他算着当年自己工资加奖金一共发了9万多块，准备一次性把买车的贷款还了，但王琴先是推说"不着急不着急"，后来被问急说漏了嘴，刘清才知道，其中的5万多块都被她在麻将桌上输光了。

"你不是一直说你在赢钱吗？那5万块钱是怎么回事！"刘清气得暴跳如雷，不停地质问妻子。王琴也一脸黯淡，说自己之前分明记得赢多输少，也不知道怎么就亏了那么多。

刘清甚至怀疑过妻子是不是在外面"有情况"，还特意"调查"了一番，但确实没发现妻子生活作风方面的问题。就是单纯的赌博。

后来，我和一位老民警聊到此案，老民警笑笑说："老话讲'久赌必输'，就是这个道理。当第一次输了100块时，你会觉得这是个'大钱'，能记住，但当你输过1万块后，再输100块，你不但不觉得是个大钱，反而会有些庆幸。就这样，钱就一点一点输没了。"

想想的确是这个道理。

5万块钱确实已经输出去了，刘清和王琴两人也没办法，只得一家人一起，过了一个别别扭扭的春节。节后，刘清还要继续前往外省工地上班，但妻子的情况又着实令他放心不下。

王琴信誓旦旦地向刘清保证说，"自己以后坚决不打了"。但牌瘾这东西染上容易戒掉难，从王琴输在牌桌上的数额以及和亲戚朋友的聊天中，刘清怀疑妻子已经上瘾了。他本打算放弃外派的机会，在家监督妻子，但后来并没有付诸行动。

究其原因，刘清解释说，自己选择外派是和单位签过一个五年协议的，如果第二年不去了，就相当于毁约，得交万把块钱的违约金。

刘清舍不得那笔钱，妻子也一个劲儿承诺，自己绝不打牌了，还当场写下了保证书。刘清思量再三，第二年还是出去了。

"早料到走到今天这步，别说1万，哪怕让我交5万的违约金，我也要坚决留在家里……"刘清低着头，语气中满满都是悔恨。

4

2013年全年，刘清一直密切关注着妻子在家中的情况。除了每天晚上雷打不动的视频，他还不时地让妻子查一下工资卡余额并截图发给他。

一切似乎都很正常，晚上的视频妻子随叫随到，工资卡的余额也在逐渐增多。这一年临回家前，刘清又让妻子发了一次余额截图，上面显示，又攒了大约8万块钱，他兴高采烈地准备回家，打算用这笔钱置办几样"大件"。

然而，令他没有想到的是，他前脚回到家，本地寄卖行的蒋老板后脚就登了门，见面开口就问刘清，他家的车还要不要了——原来，之前王琴把车押在寄卖行抵了3万块钱，"还要车的话年前赶紧凑钱"。

刘清当时就蒙了，他火急火燎地叫来妻子询问，王琴先是左推右拖，最后实在不得已，才承认自己确实把车押给了蒋老板，而钱则全被她用来打牌了。

不仅如此，在刘清离家的这一年里，王琴不但没有履行"再不打牌"的承诺，反而变本加厉，一口气把家中存款和刘清工资卡上的几万块钱输了个一干二净。

"她说在家里无聊，除了打牌也不会干别的，打着打着就玩大了，越输越怕也越想'赶本'，结果'本'越赶越大，后来就真的还不上了……"

"你们不是经常在晚上视频,还转发银行卡余额吗?"我问刘清。

这个问题像是戳到了刘清的痛处,他一下子抬高了声音,说这一年妻子确实晚上不去打牌了,但也就是晚上视频的那段时间才在家里。

和王琴一起打牌的人,开始是她的一些朋友,后来,王琴觉得只跟朋友打牌"没什么意思",就开始"赶"起外面的"场子"来。有时是街边的棋牌室,有时是去一些人开的"私局"。每局的"起底"也逐渐变成了50元、100元,一局输赢便是成百上千。

而至于发给刘清的那些截图,也全是假的。王琴后来才承认,每次截图,她都是从棋牌室老板娘那里借钱出来存到刘清的卡上,截好图发给刘清之后,再把钱取出来还给人家——这样搞一次,还得付给棋牌室老板娘200元的"手续费"。

"王琴这一年一共输掉了多少钱?"

刘清想了半天,才说:"太多了,现在单是我知道的就有几十万,不知道的还不晓得有多少。"

刘清原本还不知道妻子在外欠了多少钱。就在事发之前的当天下午,几个小额贷款公司的"马仔"来家里催债,好不容易才把人打发走了后,刘清把妻子叫过来,让她交代到底在外面还欠着多少钱。

王琴眼看已经瞒不过去了,只好把欠款的事情一五一十告诉了刘清——"光本金就有23万啊,很多是外面的贷款。我不吃不喝再外派三年，才刚够给她还本金的，可是还有高得吓人的利息……"

刘清工资每个月不到9000块，6000多块的月薪，加上2500元的"出省费"，全都打在妻子的卡上。

"你也算是好男人啊，明知老婆在家打牌打得大，你还把工资如数上交。"

刘清摇摇头，十分无奈地说，毕竟夫妻一场，还不至于像防贼一样防着妻子："之前也有相熟的朋友劝我把网银收过来，不时查查卡上的余额。可我怕那样做伤了她的心啊！"

何况，工资打到妻子的卡上，这是单位的规定，他也没办法。刘清所在单位的确有这样一条规定：所有外派职工的工资都发放在直系亲属名下的银行卡上，密码由亲属设定，每月发工资时，需要亲属带着银行卡到单位财务处现场转账。

单位这样做，也有自己的考虑：以往外派职工常常在工作之余聚众赌博，有人一晚就能输光全年工资，年底回家时，两口子为此打架闹离婚的比比皆是。后来单位便想到了这个办法，工资直接交给家人，外派职工每月只能领取其中的1000元作为日常花销。

但没想到，防住了那头，却没能防住这头。

那天下午，当刘清知道自己不但身无分文，还在外欠下巨额债务之后，越想越气。他不停地数落妻子，一开始王琴还默不作声，后来忍不住还了几句嘴，一下点燃了刘清的怒气，很快就发展成了打斗……

5

在讯问中，刘清说家中抽屉里还有妻子签下的借条，所里派人去找，确实找到了一些。但如今王琴躺在医院的病床上，已经无法向我们证实，这些借条背后的二十几万现金是否真如她的丈夫所说，全被她拿去输光在麻将桌上。

为了进一步核实刘清的说法，我们只好找到王琴的亲属，去她曾经常出没的几家棋牌室调查。

从王琴 2012 年迷上打牌开始，她的儿子刘宇轩就一直放在娘家由父母帮忙照看。在王琴娘家，我们见到了 6 岁的刘宇轩，他似乎并不知道自己爸妈之间发生了什么事情，在我们了解情况期间，孩子就一直在院子里快乐地玩耍。

王琴的父母没有向我们透露有关王琴打牌的详细情况，只是老泪纵横地一再要求我们要严惩刘清。不过我们离开时，王琴的嫂子却悄悄地跟出门外，问我们：之前王琴以"还车贷"为名从她丈夫手里拿走的 3 万块钱，照现在这种情况，怎么才能拿回来？

我说，这个恐怕需要到法院去起诉，王琴嫂子便有些生气，嘴里一直小声地咒骂着。

我借机问她知不知道王琴在外赌博的事情，王琴嫂子顺口说："怎么会不知道,她来借钱的时候寻死觅活,连孩子脖子上、手腕上的金坠子都拿走卖了……"

我拉住她想再了解一些具体情况,但她却似乎想到了什么,借口自己知道得不多,便匆匆离开。

我和同事又前往辖区一些棋牌室,刘清和王琴的事情在小城里已经传得沸沸扬扬,因而绝大多数棋牌室老板都不肯承认王琴是在自己的店里输光了家产,顶多含糊其词地说,王琴经常来玩,他们只不过就是收点"服务费",输赢都是同桌牌友的事情。

那位曾经每月借款给王琴忽悠刘清的棋牌室老板娘,因为转账记录抹不去,被我们找到并带回了派出所。她看实在逃不过,才向我们交代了王琴在棋牌室的一些情况。

"她经常来,玩得是蛮大的……"老板娘说,她曾听说王琴有一次,一个下午输了1万多,同桌赢钱牌友激动得难以自持,当场给了棋牌室服务员200元"小费"。

同事问老板娘,为什么借钱给王琴"充数"?她说因为王琴经常光顾,所以和她关系挺近,她知道王琴在自己店里输了不少钱,担心王琴老公知道了来找自己麻烦。

更重要的是,王琴还答应她,"每次无论借多少都付给她200块钱报酬",老板娘知道王琴是本地人,父母孩子都在,也不怕她跑了,便同意了。

我不知该说什么好,想了半天,问老板娘:"你难道不怕王琴这事儿最终败露了,刘清来找你算总账吗?"老板娘有些哭笑不得，说自己有时也盼着王琴把钱赢回来："只要还在打，哪有总输不赢的！"

"你倒跟我仔细说说，最后有赢回来的吗？"同事在旁问她。

她想了半天，没能举出几个"赢回来"的例子，反而在同事的提示下，说了好几个打牌打到妻离子散的客人。

"不瞒你说警官，每到过年前，我都过得提心吊胆。"末了，老板娘反而也抱怨了起来。

我问原因，她说本地像王琴这样的留守妇女特别多，平时没啥爱好，就是喜欢在棋牌室里"垒长城"，虽然大多数人日常的输赢不大，但一年下来也都是个不小的数字。

丈夫赚钱打回家，妻子闲来无事就在外打牌，年底丈夫回家想看看一年存了多少，才发现钱都被妻子输光了。然后，基本就都是争吵、打架，也有一些妻子输钱输过分的丈夫，会直接闹到棋牌室来。

"这几天我还担心王琴的老公来店里闹呢，结果没想到……"

尾　声

由于王琴的重伤，刘清和王琴两家亲属很快就反目了。

移送刘清前往看守所之前，他提出想要见儿子一面。我们联系上了王琴的亲属，但他们严词拒绝让刘宇轩与刘清见面。

我本想再去做一下王琴亲属的工作，但同事拉住我说，不见也好，但愿王家人能把刘清和王琴的事情向孩子瞒下来。这么小的孩子，父母出了这样的事，以后的路就太难走了。

半个月后，王琴的亲属经过商议，决定接受王琴脑死亡的现实，放弃治疗。

"两级医院给出的结论都是脑死亡，只能靠呼吸机维持生命体征。每天的维持费用需要四五百，他们家已经没有积蓄了，亲戚们觉得这是个无底洞，都不愿出钱，最后只能放弃了。"同事对我说。

没多久，刘清便因涉嫌故意伤害致人死亡，被检察院批捕了。等待他的，将是漫长的刑期。

为人师表，躲不过网赌陷阱

2018年4月，我在武汉光谷遇到了刘毅。那天，他穿着米黄色的外卖工作服，戴着头盔，提着一兜餐食迎面向我走来。我最初还不敢确认，犹豫了一下，喊了一声"刘老师"，他看向我："李……李警官？"

还真的是刘毅。他止住脚步看着我，脸上有些惊喜，也有些尴尬，半天才生硬地挤出"好久不见"四个字。

"确实好久没见了，时间过得真快，转眼两年多了，你最近还好吧？"我问他。

刘毅点头说："好着呢。"又问我最近怎么样，我说也挺好。

我还想说点别的，刘毅却抬一抬手中的外卖，意思是还得赶着去送餐。

"行，那闲了咱回头联系，我电话没变。"我拍拍他的肩膀。

刘毅答了声"没问题"就匆匆而去。望着那个米黄色的身影渐行渐远，直到转入临街一家商铺消失不见了，我才扭过头来。

没想到在这里遇到了刘毅。

我们曾是朋友，两年前，他还是个领财政工资的老师，有一天，忽然就莫名消失了。再次遇见，竟成了风尘仆仆的外卖小哥。

本以为和刘毅就这样"擦肩而过"了，但一周后的一天下午，手机突然响了，电话那端传来一个熟悉的声音："李警官，今晚上方便不？我是刘毅，方便的话咱一起聚聚？"

我有些惊喜，赶紧问他在哪儿见面。

"你定地方吧李警官，我去找你，我一个送外卖的，哪儿都熟。"

1

晚上，我和刘毅约在了雄楚大街的一家餐馆。坐定后，我问刘毅喝什么酒，刘毅说："还是老样子吧，大白牛。"

服务员没听懂，我笑笑，向服务员解释说就是白瓶的牛栏山二锅头。

两年前最后一次和刘毅吃饭时，他点的也是这酒，那天他似乎有什么心事，一言不发地喝完了一整瓶酒。饭后我把他送到小区门口，想送他上楼，他却摆手连说不用，"自己没得问题"。

那是我最后一次见他，那天喝完酒后，他便不知所踪，完全没有留下任何信息。

刘毅的消失毫无征兆，似乎也毫无理由。那段时间，他的家人、工作单位都在拼命找他，但他却仿佛人间蒸发一般。后来，家人一度怀疑刘毅死了，甚至经常跑到派出所来询问近期此地是否发现过"无名尸"。

直到不久后，一批自称是刘毅"债主"的人找上门来，大家才知道，和刘毅一起消失的，原来还有接近100万的巨额债务。

眼前的刘毅换下了米黄色的工装，穿着一件白色长袖衬衣，瘦削的脸庞配上那副银白色镜架的近视镜，给人的印象依然是一名中学教师。

"刘老师，你跑哪儿去了？好多人跑到派出所来找你啊。"我打趣道。

"说来话长了……"刘毅点了支烟，又递给我一支。他顿了顿，好像想到了什么，有些不好意思地问我："李警官，那次……没给你添什么麻烦吧？"

我嘿嘿笑了一下："四下里找你这事儿就不谈了，你和我吃完饭就失踪了，我能逃得了干系？先是你的家属、工作单位、公安局纪检部门，后来还有你的债主们，走马灯似的找我，差点儿没把我烦死。"

我并没有跟他开玩笑，失踪之初，刘毅的亲属和单位领导知道我和他是朋友，失踪前一天还是和我一起吃的晚餐，认为我一定知道他去了哪里，因而不断地找我询问。

"你老婆几次跪在我面前,非让我告诉她你出了什么事,去了哪里。你说你去了哪里?"

后来实在找不到人,只能按照失踪人口立了案,公安局督察支队和纪检部门,甚至市检察院都来找到我,怀疑我在刘毅失踪一事中扮演了某种不光彩的角色,甚至其中有什么阴谋。

最后,刘毅背债的消息传出来,连债主都找到我,又向上级部门举报我,认为是我教唆了他的潜逃。

可刘毅确实什么都没告诉我。面对各方的质问,我只能一再解释。

"对不起对不起,真的太对不起了李警官,没想到给你添了这么大的麻烦……"刘毅不断地向我道歉。

事情已经过去了两年多,我也懒得再说他什么,只是问他现在家里知不知道他的下落。刘毅说知道了,他去年年初回的家,那笔债家里已经替他还清了。

"家里条件也是蛮好的嘛,一百来万,说还就还了,你说你当初为啥还要跑呢?"我调侃刘毅。

但他沮丧地说,失踪一年后,学校将他除了名,家里是卖了两套房才凑够的钱,现在自己离了婚,在武汉送外卖,父亲也跟他来了武汉,一家人租住在一套两居室里。

"李警官,别叫我刘老师了,我早就不是老师了,也配不上'老师'这个称呼啊……"

2

刘毅大我五岁,大学学历,我认识他的时候,他是我之前工作的那座城市一所中职学校的班主任老师。

那天,他带着两个学生来派出所报案,正好是我值班,接待了他们。

刘毅说,这两名学生放学之后多次遭到一伙人的殴打,我问缘由,两名学生支支吾吾地说了半天,我才明白,是因为两人在外面欠了债,那帮人是来找他们要钱的。

我问他们欠了多少,两人一个说2万,一个说5万。我有些吃惊,两个未成年的学生怎么能在外面欠这么多钱?

这时,刘毅拿出两部手机递给我,说:"你看一下上网记录就知道了。"

我打开上网记录,密密麻麻的浏览痕迹,全都指向同一个网站。原来两人是在网上玩"百家乐"——其实就是网络赌博。

"手机是在课堂上收的,当时两人正躲在教室后排聚精会神地玩着呢。"刘毅说。

两名学生很快承认了自己参与网赌的事情,他们输光了手里的钱,又不敢跟家里说,找人在外面借钱想要翻本,结果借来的钱也很快输光了。还款期到了,两人拿不出钱来还,就被放贷的人找到了学校。

我通知了学生家长,又通过两名学生的叙述,抓了先给他们

"放码"、又找他们逼债的团伙。至于那个赌博网站，则由网安部门接手处理，后来被串并到其他类似案件中，一同打击掉了。

虽然案子很快解决了，但刘毅又来找我，说他通过后期了解，得知在校学生中参与网赌的并非只有那两名学生，希望派出所能够出面在学校办一场有关"防范网络赌博"的教育活动。

我也觉得很有必要，就把他的想法汇报了上去。公安局很重视，索性就以刘毅所在学校为基地，在全市大中专学生中开展了一次"远离网络赌博"的主题教育活动。

活动中，我主要负责收集和整理各种案件资料，刘毅也一直忙前忙后，负责协调整个活动的举办，他还上台发了言。我们就是这时候逐渐熟悉起来的。

那时刘毅家就住我派出所辖区内的"世纪小区"，他父母都是本市退休教师，妻子姓高，也是那所中职学校的教师，他俩有一个4岁的儿子，长得白白胖胖很是可爱。

我一个单身汉，那段时间下班没事，经常去找刘毅吃饭，或是约他出来喝酒聊天。高老师也不生气，还常说刘毅交个警察朋友挺好的，让我平时多"教教他"，也能让他"多长点心眼"。

女主人的"不撑之恩"让我连连点头答应，还开玩笑说咱是"同行"，老师和警察都是"搞教育"的，只不过阶段和对象不同，你这儿教育好了就省了我这儿的麻烦。

后来我也确实跟刘毅聊了不少工作上遇到的事情，他也常说

"受教受教"。后来想想,我也不知道,自己是不是也在某种程度上害了他。

3

"你那年到底为啥要跑?真的是因为欠债?"酒过三巡,我问刘毅,他点点头。

我又问他怎么会欠那么多钱,刘毅叹了一口气:"还能为啥,赌博呗!"

其实在得知刘毅欠了近百万债务后,我就怀疑他可能染上了赌博,只是有些地方一直想不通:"当年我跟你聊了那么多赌博赌到家破人亡的案子,咱俩还一起参加了那次的专题教育,最后你咋自己还着道了呢?"

"其实有段时间我挺恨你的,李警官。"刘毅没回答我的问题,反而冒出这么一句,说完他又笑了,"不过后来想想,问题还是出在我自己身上,你知道那么多,你怎么没出事,反倒是我出事了。"

刘毅说得我云里雾里,我忍不住怼他:"我是逼你赌了还是帮你跑(路)了,你还要恨我?"

刘毅端了端酒杯,问我:"你记不记得之前咱俩一起处理的那两个学生赌博的案子,还有后来你跟我讲的王小江赌博的事情?"

那两个学生网赌的案子我当然记得,至于"王小江",我好像之前是跟刘毅聊起过这个人。这人以前也住在世纪小区,后来赌博不但输光了家当,还把自己搞成了精神病。

"就是那两件事,让我陷进去了……"刘毅说。

王小江当年玩的也是"百家乐"网赌,我应该也是在处理那起学生网赌案时和刘毅聊到的。没想到,刘毅抓住的,是一个让我始料未及的细节。

我跟他说,王小江玩百家乐最高赢到过30万,那两个学生同样最高赢到过八九万。但俗话说"久赌必输",他们赢的钱最终还是都还给了网赌的"庄家",而且是连本带息。

"我当时脑海里就出现了一个怪异的念头,觉得他们都是因为太贪,如果见好就收,估计不但赔不了钱,还能大赚一笔。他们输钱,是因为自控力太弱。"刘毅说。

刘毅自认为是一个自控力超强的人,他父母从小就在培养他的自控力上花费了大量的精力,"所以,后来我也鬼使神差地从网上找到一个玩'百家乐'的赌博网站,无聊的时候就充点小钱进去玩玩……"

刘毅自控力真是不错,每次就充100元进去,20元一局的投注,赢到300就提现,输光了也不再继续充值,这样小打小闹地玩了几个月,好像算下来真赚了一点。这笔小钱虽然没让刘毅发财,但却让他更加相信自己的"自控力"。

"2015年年初,我准备买车,家里凑了16万,想买雪铁龙的C4L,可我看中了奥迪A4,但要30多万,又不想贷款,所以到处想办法筹钱……"刘毅说。

刘毅筹钱的过程不太顺利,但最终还是勉强凑够了数,不过等他来到4S店时,却被告知之前看中的那款车型已经售罄,要买的话需要等三个月,当时店里还有一款配置稍高的,价钱要贵3万多。

刘毅失望而归,但走出4S店大门时,一个念头闪过他的脑海——自己平时玩的百家乐,100块钱运气好时可以赢200块,那用1万块钱做本,不就可以赢到2万吗?于是,刘毅没有回家,而是在路边找了一家快餐店坐下,开始实施他的计划。

不过那天刘毅的运气不好,他充进平台的1万块钱很快就输光了。

"一开始都是200的注,但输多赢少,输了4000多块的时候,心里就有些着急了,想赶紧翻本,注也下得大了,先是500块一注,后来1000块一注,最后一局还剩3000块钱的时候,我一把'梭哈'了。"刘毅说。

结果他还是输了,前后仅用了20分钟,刘毅的1万块钱便烟消云散。

"当时输得不服气啊,就又转了1万块钱到赌博平台里,很快,第二个1万块钱也输光了。"

刘毅不服气,继续往里充钱,一张银行卡到了限额,他就换张卡继续充。那天下午，刘毅在 4S 店旁的快餐店里坐了三个小时，直到妻子打电话问他车买得怎么样了，才猛然清醒过来。

那时，他已经输了将近 7 万块钱了。

4

刘毅说，当他关上网页时，有种恍若隔世的感觉。30 万购车款转眼就剩 23 万了，刘毅懊恼不已，狠狠扇了自己几个大耳刮子。

"你知道那种感觉吗？后悔啊，我长这么大都没那么后悔过！"刘毅说。

回到家中，妻子问他买车的情况，刘毅推说想买的那款没货了，自己交了 7 万块定金，3 个月之后取车。妻子兴高采烈地相信了他。

那天晚上，刘毅躺在床上翻来覆去睡不着，输掉的 7 万块钱始终萦绕在他的脑海里。

"1 万有这么厚一沓，7 万大概有这么厚一摞吧……"刘毅用手比画给我看，那时他和妻子的月薪加起来只有八九千，7 万块，他们要攒一年。

刘毅想不通自己为什么会输，之前充 100 块的时候，经常赢两三倍，怎么一下重注就输这么惨。思来想去，刘毅觉得还是自己心态有问题，以前百八十块钱没当回事，输了就输了，现在下注金额高，一输就想下重注"赶本"，乱了"节奏"。

刘毅越想越觉得是这么个道理，大概到了凌晨，他索性来到了客厅，又一次掏出手机。"反正已经输了7万块了，我就不信自己'火'这么背！"

网赌平台24小时营业，刘毅一次性往账号里充了3万块，下定决心绝对不能"乱了节奏"，赢了就赢了，只要"回本"就收，输了，这辈子绝不再碰网赌。

然而，清晨当他妻子醒来时，发现刘毅正坐在客厅沙发上，她惊奇地问刘毅怎么这么早起床，刘毅瞪着通红的眼睛说，"失眠了，在沙发上坐会儿"。

那一晚，他的"节奏"没能帮上忙，而且这次他输得更彻底，一夜之间，剩余的23万一分都不剩了。

"你当时咋想的？一直输还不停手？"我问刘毅。

刘毅说也不是一直输，中途也赢过，其中最高用3万打出过12万，不但"赶了本"，而且还倒赚了5万。但最后还是没守住，先是输光了赢来的钱，后来连3万块的本钱也输完了。

"然后我就下决心，下次再打到'回本'，绝对收手，可惜再也没有回过本，后来连银行卡里剩下的钱也输光了……哎。"刘毅长叹一声，呷了一口酒。

买车的钱没了，刘毅没法跟家人交代。虽然妻子也没问过，但难保哪天纸包不住火。

可是手里的钱都输光了，之前的朋友也借遍了，自己去哪儿再弄 30 万呢？

刘毅想到了信用卡。

那段时间，刘毅一口气办了三张信用卡，因为是在编教师，银行授予的额度还不错，三张卡加起来大概有接近 10 万的信用额度。但信用卡申办需要一段时间，为了尽快凑够买车的钱，他又想到了小额贷款。

他通过熟人找到一家小额贷款公司，凭借熟人和自己本市教师的身份，贷到了 10 万块钱，付了奥迪车的首付，回家骗妻子说是全款。

到了小额贷款还款的时候，刘毅又在熟人的"点拨"下，把奥迪车抵押给了另外一家小贷公司，拿到一笔钱还给了第一家小贷公司。

等到第二家小贷公司需要还款时，刘毅的信用卡到了，他在网上找人"套现"拿到了一笔钱，又找到第三家小贷公司贷了一笔钱，把第二笔钱还上。

家人并没有发现刘毅在"以贷还贷"，但他自己心里清楚，三家小贷公司滚一圈，最初的 10 万块钱已经连本带利滚到了 30 多万。

刘毅发现，如果这样下去，自己不久便会倾家荡产。但第三家小贷公司的还款时间越来越近，他又根本没有其他筹款的途径。

他只得继续四处筹款，无论是市面上的小贷公司、手机里的贷款软件，还是地下高利贷，多则三五万，少则一两千，只要能借到钱的地方，他都试过了。

这样的生活持续了半年多，终于，2015年7月，眼看着需要归还的各类贷款本金和利息已经高达近百万，刘毅终于再也无力偿还。

"一直瞒着家里吗？"我问刘毅。他点头，说那时他不想跟家人坦白，因为自己从小就是父母眼里的"好孩子"，结婚之后是妻子眼里的"好丈夫"，在单位是领导和学生眼里的"好老师"，他不想毁掉自己在众人心里的形象。

"但10万块钱债务，半年时间，怎么也滚不到60多万啊？"我质疑刘毅的说法。

他苦笑一下，说单是债务确实滚不到那么多，也就是三四十万吧，其余的钱，是他输出去的。

"那时你还在赌？"

"嗯。"

5

用3万块打到12万的记忆，从那天夜里之后，一直刺激着刘毅。他觉得自己只要不贪心，终归会把输了的钱赢回来。而且也只有继续赌，才有可能筹到足够的钱，"那时候我只要手里还剩点钱，就想着去赶本"。

但毫无悬念，刘毅的"本"越赶越大，终于彻底还不上了。

"百家乐就是买'庄闲或庄赢'，二选一的选择题，网上有人说策略，一局买不中下局就翻倍买，再不中继续翻倍，但我还是买哪个哪个不中，后来索性翻倍'守号'，结果呢，我守'庄赢'，它能连续给我开20局'闲'！"

究竟是赌博网站故意作弊，还是刘毅自己的心理暗示，这些都已经无从考证。但刘毅说，他"跑路"前的最后一次赌博，的确是被网站"黑了"。

那次刘毅的学校补发了一笔钱，大概有3万多。他又借了大概4万块的高利贷，准备再搏一把。

这一次，刘毅运气好得出奇，几乎买什么中什么，7万本金不久便成了10万。他觉得自己终于"来火"了，于是开始下重注，但依旧是赢。

"想不到吧，那天我从中午吃过饭开始，一直打到第二天凌晨1点，账上已经赢了90多万，差不多能把我之前的债务冲抵掉了。"刘毅有些沉醉，"那次我没再冲动，想起了之前这半年的焦虑生活，我决定'见好就收'吧，过回正常日子。"

"但是呢，又没忍住？还想赚更多，然后又输光了？"我笑着调侃，因为那是赌徒们一贯的做法。

刘毅摇摇头说："之后的事情你更想不到……"

刘毅的确没有继续赌，他选择了提现，但那笔赢来的巨款却始终没有打进他的银行账户——先是网页提示"提现审核中"，后来他的账号被强制下线，再后来就一直登陆不进去了。

"我打网页上的客服电话，打不通，网页上有QQ号，我加了好友，一说这事儿对方就把我拉黑，后来上百度'戒赌吧'发帖子提问，才明白自己被网站'黑'了……"

此外，对于之前自己玩"百家乐"连输20局"闲"的经历，网友们告诉他，网赌网站结果在后台都是可调的，看你守号就故意不出，输死你。

"那时我才明白，网赌，就是一场骗局啊。你不赌的时候让你小赢上当，你赌的时候'做笼子'让你大输，等你侥幸赢的钱多了，就改掉你的账号密码，黑掉你的钱……"

刘毅长叹一声，然后一口把杯子里的酒喝完。

我递给他一支烟问道："然后呢，没想着报警？"

"怎么没想过，我想了很久，还约你吃了顿饭……"

但刘毅上网查了相关信息，赌博网站基本是在国外开办的，国内追查起来十分困难，他的钱被追回的可能性微乎其微。而且，参加网赌本身就涉嫌违法，弄不好钱追不回来，自己还要面临牢狱之灾。

所以最后，刘毅虽然把我约出来吃了饭，但心里犹豫了很久，最终还是什么都没说，选择了"跑路"。

他一共逃了1年10个月12天，从本市跑到武汉，又到了长沙，最后落脚在深圳。

"当时我想过关去澳门，因为那个网站名字就叫'澳门XX娱乐'，我要到澳门去找他们要钱，但后来钱花完了，澳门没去成，反正家是回不去了，就在深圳龙华找了个工作，想攒点钱再去澳门。后来认识了一个朋友，他让我别去澳门了，都是假的，网站乱起的名字，去了也找不到，找到钱也拿不回来……"

既去不了澳门，也不敢回家，刘毅索性留在了深圳龙华，过着有一天没一天的日子。

"之后为什么回来了？"我接着问刘毅。

他深吸一口香烟："我那个朋友死了……"

刘毅在深圳龙华认识的那个朋友名叫小正，据说以前在江西老家是一名公务员，本来家庭美满，后来也是因为迷上了网络"黑彩"，不但输光了身家，还在外面欠了几百万债务，父母和他断绝关系，妻子和他离婚，工作也丢了，同样是独自一人跑到深圳躲债。

因为同命相怜，刘毅和小正成了朋友，两人经常在一起怀念以前在家的日子。小正常劝刘毅趁早回家，否则时间越长越回不去。刘毅也想回家，但不知如何面对回家后的结果。

小正身体不好，经常面色苍白，说自己心脏不舒服，刘毅常劝他去医院看病，但小正身无分文，连身份证都卖了，只能在出租屋里硬扛。

2017年4月，小正心脏病发作，死在了出租屋里，看着殡仪馆的工人把小正的遗体抬走，刘毅心里有了一种难以名状的恐惧。

公安局叫刘毅去了解情况，刘毅却发现自己竟然连小正的全名都不知道。公安局通过其他渠道获得了小正的真名,发了认尸通知。小正的一个亲戚来了,领走了小正的骨灰,但听说,离开公安局没多远,就找了个水沟连骨灰带盒子全扔了。

刘毅说:"我真怕自己最后也落得个和他一样的下场……"

6

小正死后两个月,刘毅踏上了返乡的列车。

可能因为痛苦太深,他没有告诉我回家之后经历了什么,但从他的现状看来,那应该是一段极其愧疚,却又有些许安宁的日子。

刘毅只是说,当把一切坦白时,自己的心里反而平静了下来,因为再也不用每天编造各种谎言,也不用每天数着还款日期心中打战。

房子卖了,车子卖了,妻子带着儿子走了,父子两代人的积蓄都替他还了债。本应颐养天年、含饴弄孙的父母,也因他不得不远走他乡,过起了颠沛流离的生活。

说到这里,刘毅摘下眼镜,擦了擦眼泪。

"工作呢?没跟单位商量一下,看是否还有余地?"

"没商量,我没再去找学校,我不配再当老师,也不知道该怎么面对以前的学生和同事。另外,我得还债,争取在我父母的有生之年再给他们买套房子,还有我儿子,虽然离了婚,但我得养他,送外卖虽说累点,但只要肯下力气,挣得也多!"

除了送外卖，刘毅还干着几份其他兼职，每天起早贪黑，每月大概也能有接近两万的收入。

那晚我和刘毅聊到餐馆打烊才结账离开。

地铁和他来时乘坐的公交车早已下班停运，我说夜深了给他叫辆"快车"，他又摆摆手，说饭是我请的，不能再让我请他坐车了。

我说那好，你自己叫吧，但刘毅却刷开了路边的一辆共享单车，说吃得太多，骑车"消消食"。

我知道他住的地方不近，骑单车是为了省钱，但也只能挥挥手，让他路上注意安全。